Séduisantes rumeurs

LOUISE FULLER

Séduisantes rumeurs

Traduction française de
SANDRINE JEHANNO

AZUR

HARLEQUIN

Collection : Azur

Titre original :
THE CHRISTMAS SHE MARRIED THE PLAYBOY

HARPERCOLLINS FRANCE
83-85, boulevard Vincent-Auriol, 75646 PARIS CEDEX 13
Service Lectrices — Tél. : 01 45 82 47 47 - www.harlequin.fr
ISBN 978-2-2804-6793-3 — ISSN 0993-4448

Composé et édité par HarperCollins France.
Imprimé en novembre 2022 par CPI Black Print (Barcelone)
en utilisant 100% d'électricité renouvelable.
Dépôt légal : décembre 2022.

FSC
www.fsc.org
MIXTE
Papier issu de sources responsables
FSC® C159065

Pour limiter l'empreinte environnementale de ses livres, HarperCollins France s'engage à n'utiliser que du papier fabriqué à partir de bois provenant de forêts gérées durablement et de manière responsable.

1.

— Excusez-moi, Votre Grâce, je suis désolé de vous déranger.

Louis Albemarle, dixième duc d'Astbury, ramena la couette sur sa tête pour échapper à la voix du steward.

— Alors, ne le faites pas.

— Mais, Votre Grâce…

— L'avion est-il en feu ?

— Non, Votre Grâce.

— Les ailes sont-elles tombées ?

— Non, Votre Grâce.

Agressé par la lumière, il battit des paupières et grimaça en sentant une vive douleur sous son crâne.

— Alors pourquoi me réveillez-vous ? Je ne veux pas de petit déjeuner, et j'avais demandé qu'on ne me réveille pas avant l'arrivée à Zurich.

— Nous sommes à Zurich, Votre Grâce, insista le steward en hochant la tête. Nous venons d'atterrir.

Quoi ? Ce n'était pas possible. Pas déjà ! Il avait l'impression qu'il venait à peine de poser la tête sur l'oreiller. Rectification : il lui semblait que sa tête était un oreiller. Il ne sentait même plus sa mâchoire…

— D'accord. Bien. C'est parti !

Il leva les mains pour couper court à tout nouvel échange et roula sur le dos.

— Donnez-moi juste une minute.

Il suivit des yeux le steward et se passa une main sur le visage, en grimaçant. Le moindre mouvement lui donnait l'impression d'avoir des pierres qui cognaient contre sa boîte crânienne.

Il étouffa un bâillement. Il était tellement fatigué qu'il aurait pu dormir une bonne centaine d'années.

Comme les semaines précédentes, il avait passé les sept derniers jours à faire la fête non-stop, sans attirer l'attention ni faire parler de lui.

Il se fichait bien de ce que l'on pouvait penser de lui, mais ne voulait pas prêter le flanc aux critiques de ses actionnaires, ni donner des prétextes au directeur marketing de Callière, Nick Cooper, de saturer son répondeur de messages de reproche.

Il fit rouler son épaule, puis balança les pieds hors du lit d'appoint et rajusta ses vêtements de la veille.

Il avait besoin d'une douche chaude, puis il prendrait un somnifère pour dormir d'une traite jusqu'au prestigieux gala de Noël qui se tenait dans le tout aussi prestigieux hôtel Haensli, à Klosters.

Ce gala était un forum de Davos en plus festif et infiniment plus amusant, qui réunissait tout ce que la planète comptait de milliardaires, d'aristocrates et de célébrités du monde des arts.

Autant de clients pour la maison de joaillerie Callière.

Après la chaleur d'Abu Dhabi, l'air froid et sec des Alpes lui piqua les yeux. Il redressa les épaules et enfila ses lunettes de soleil hors de prix.

L'avantage quand on voyageait en jet privé, c'est qu'il n'y avait aucun risque de tomber sur des touristes trop curieux équipés de smartphones. Ainsi, quand Henry lui avait proposé celui de son père, il ne s'était pas fait prier.

Il pressa le pas en repérant l'hélicoptère noir aux lignes élégantes prévu pour faire la dernière partie du trajet.

Il salua le pilote et grimpa dans l'appareil. Le vol ne devait pas durer plus d'une demi-heure, trop court pour s'assoupir. Il s'abîma dans la contemplation des cimes enneigées des Alpes suisses.

La même beauté sauvage que les Territoires du Nord-Ouest, au Canada, où il s'était installé dix ans auparavant, quand il avait dû quitter Waverley. La rancœur et l'amertume l'assaillirent comme chaque fois qu'il se laissait aller à penser à ses parents.

À leur trahison.

Loin de lui enlever un poids des épaules, la mort de son père, duc d'Astbury, trois mois plus tôt, avait réveillé les vieux démons, qu'il tentait depuis de faire taire dans les fêtes et l'alcool.

Un message de Henry et une bourrasque de flocons l'accueillirent à Davos.

Il esquissa un sourire tout en se dirigeant vers le terminal de l'héliport. Henry père n'avait pas dû apprécier la petite liberté de son fils concernant le jet familial. Mais son frère lui devait bien cette petite faveur. Après tout, il avait accepté d'endosser le mauvais rôle pour ce qui était arrivé à Cannes au cours de l'été. Et ce n'était pas la première fois qu'il acceptait de le faire.

Il glissa un regard vers un jeune couple d'amoureux qui s'étreignait avec fougue et les dépassa.

D'ailleurs, à en croire la presse à scandale, la seule chose morale dans sa vie était son entreprise d'extraction et de vente au détail de diamants.

Et c'était ce que pensaient la plupart des gens. À commencer par ses proches, malheureusement.

En dix ans, il avait réussi à créer une maison de joaillerie de luxe écoresponsable reconnue à l'international.

C'était son entreprise, il en était le P-DG, et bientôt il en aurait retrouvé le plein contrôle. Dès qu'il se serait débarrassé des actionnaires, réparant de fait ce qu'il vivait comme une injustice.

En tant que duc d'Astbury, il n'aurait pas dû avoir à emprunter de l'argent, mais en lui retirant son allocation et son soutien, son père ne lui avait pas laissé d'autre solution.

Une odeur de café arriva à ses narines, et il tourna machinalement la tête de l'autre côté du hall, vers le salon luxueux à l'éclairage tamisé. Son cerveau bugga, et ses pieds restèrent collés au sol.

Il caressa du regard une jeune femme coiffée d'une chapka de fourrure blanche, une pâtisserie dans la main, debout à côté d'un chariot chargé de bagages. Pas de quoi attirer son attention.

Ses jambes, en revanche…

Son pouls s'accéléra.

« Gainées » fut le seul mot qui lui vint à l'esprit. Elles étaient longues aussi, mises en valeur par un jean noir qui les épousait comme une seconde peau.

Il sentit son sang descendre brusquement sous sa ceinture, et pendant un bref instant il oublia de respirer, incapable de détourner les yeux de ses fesses.

La jeune femme leva soudain les yeux, comme si elle avait entendu ses pensées. Il enregistra d'un coup d'œil son nez retroussé, ses lèvres pleines et ses yeux bleu arctique. Tout en lui, de son esprit à son entrejambe, était attiré irrésistiblement dans sa direction.

Il reprit soudain pied dans la réalité. Il ne la connaissait pas, et elle ne le regardait même pas.

Il la vit sourire à un porteur en livrée qui s'était avancé vers elle, puis passer devant lui sans même un coup d'œil, suivant son chariot de bagages vers la sortie.

Elle ne passait pas inaperçue. Une vraie reine de glace.

Ce n'était pas que ces jambes.

Il avait prévu de passer ses journées à descendre les pistes enneigées des Alpes, mais il aurait été heureux de passer une nuit ou deux à explorer d'autres courbes plus douces et plus chaudes. Il se morigéna et remonta le col de sa veste, puis franchit les portes coulissantes, tournant les yeux vers la rangée de limousines qui attendait patiemment comme une meute de chiens sous le soleil radieux des Alpes. Il repéra le discret logo du Haensli sur la plus proche et salua le chauffeur en uniforme d'un bref hochement de tête, les lunettes de soleil toujours sur le nez.

— *Grüezi*. Mes bagages suivent. Ça ne devrait pas être long. *'Tschuldigung !*

Il s'interrompit, les sourcils froncés, en entendant la sonnerie de son téléphone. Il le sortit de sa poche et prit la communication sans jeter un regard à l'écran.

— Louis ?

Il aurait dû vérifier qui appelait, songea-t-il en entendant la voix de Nick. Il ravala un juron.

— Nick… Qu'est-ce que je peux faire pour toi ?

— Eh bien, bonjour déjà, ou devrais-je plutôt dire : « *Guete morge* » ?

— Comme tu veux. Écoute, Nick, je viens d'atterrir, nous avons essuyé beaucoup de turbulences pendant le vol, mentit-il. Je n'ai pas beaucoup dormi, alors on peut remettre ça à plus tard… à moins que ce ne soit urgent ?

— Je ne sais pas, Louis. À toi de me le dire.

— Traduction ? lança-t-il sans cacher son exaspération.

— Tu sais bien ce que je veux dire. Je me plie en quatre ces derniers mois pour faire le ménage derrière toi.

— Personne ne te le demande. Les services de nettoyage ne sont pas faits pour les chiens.

— C'est une image, Louis.

La voix de Nick vibrait de frustration à peine contenue.

— Je pointe ton comportement et la façon dont ça impacte la marque.

Louis leva les yeux au ciel, les doigts crispés sur son téléphone.

— Je vois ça, mais je ne comprends pas pourquoi. Callière est à moi. Je suis la marque et je me comporte comme j'en ai envie. Mais je peux ne pas me montrer à la soirée au Haensli, si ça te rassure.

— Ce ne sera pas nécessaire, temporisa Nick. Personne ne remet en cause ta présence à ce gala. Je veux juste te rappeler tes responsabilités.

Ses « responsabilités »... Louis serra les dents, ravalant un juron. Existait-il un mot qu'il détestait plus ? Quelques-uns lui traversèrent aussitôt l'esprit : « relation », « amour », « épouse »...

À la simple pensée du mariage, il sentit son estomac se contracter. Il prit une profonde inspiration pour se calmer.

— Sois tranquille. Je connais la musique, Nick. Pas de gros titres. Pas de scandale. Pas de photos compromettantes. Pas de vagues. Crois-moi, je sais ce qui est en jeu.

Ce n'était pas parce que Nick surréagissait qu'il allait se priver des plaisirs de la vie.

— Bien, dit Nick d'un ton mesuré. Parce que j'ai pris des risques pour toi, Louis. Je commence à en avoir marre d'essayer de convaincre la Terre entière que tu n'es qu'un homme éperdument romantique à la recherche de la femme de sa vie. Je te rappelle après la fête.

Soudain, les montagnes devant lui devinrent floues, et le bureau de son père apparut en filigrane devant ses yeux. En un battement de cils, il se revit à Waverley, affrontant la désapprobation froide du duc.

Il rangea son téléphone, luttant contre un sentiment tenace de rancœur et d'humiliation.

Super ! Alors maintenant Nick aussi avait des attentes

le concernant. Il releva ses lunettes de soleil et se passa une main sur le visage. Il aurait dû rester à Abu Dhabi.

La gorge serrée, il glissa son téléphone dans sa poche et fit un bref signe de tête en direction du chauffeur qui patientait devant la limousine, feignant d'être captivé par les cimes blanches au loin.

— Allons-y, lâcha-t-il en se tournant vers le véhicule.

Il se figea en découvrant la jeune femme, assise à l'arrière. Il engloba d'un coup d'œil la chapka en fourrure blanche et les cuisses moulées dans le jean.

La reine de glace.

S'il s'attendait… Elle l'avait donc remarqué et en avait assez de jouer à la fille inaccessible. Une sensation de chaleur se propagea sur sa peau. Ce n'était pas une situation qui lui était étrangère, et en temps normal il n'y aurait pas réfléchi à deux fois. Mais le moment était vraiment mal choisi.

Il se tourna vers le chauffeur.

— Que fait-elle là ?

L'homme lui lança un coup d'œil, surpris.

— J'ai cru qu'elle était avec vous, Votre Grâce.

— Avec *moi* ?

— Comme elle a dit qu'elle allait au Haensli, j'ai supposé…

Le chauffeur laissa sa phrase en suspens.

Louis étouffa un juron. L'homme n'avait aucune idée de l'identité de la jeune femme assise dans sa limousine, mais il savait qui il était, et sa réputation le précédait. Il en avait tiré ses propres conclusions.

— Est-ce qu'il y a un problème ?

Il se tourna vers la voix légèrement voilée et aperçut par-dessus le toit de la limousine la jeune femme qui venait de sortir de la voiture. De près, elle était aussi séduisante qu'il l'avait imaginé. Même plus.

Il retint son souffle, le cœur battant fort, incapable de

détacher le regard de ses grands yeux bleus, de ses sourcils bien dessinés. Elle retira soudain sa chapka, et ses cheveux bruns dévalèrent sur ses épaules comme dans une pub pour un shampooing.

Il fronça les sourcils, surpris par l'affolement des sens que cette parfaite étrangère provoquait chez lui.

— Oui, je crois qu'il y a un malentendu.

Et pour le moins. La dernière chose dont il avait besoin, c'était d'être aperçu montant dans une voiture avec une conquête… qui n'en était même pas une, en plus.

— Comment ça… quel malentendu ?

— Du genre qui peut être facilement résolu, dit-il en plantant son regard dans le sien. Pour faire simple, il vous suffit de vous trouver une autre limousine. Celle-ci est déjà prise.

Trouver une autre limousine ?

Interdite, Santa Somerville dévisagea l'homme qui se tenait de l'autre côté du véhicule. Pourquoi la tête lui tournait comme si elle venait d'exécuter un triple axel ?

Ce n'était pas dû au culot ni même à l'arrogance dans ces yeux bleus. Son cœur s'affola contre ses côtes.

C'était lui. L'homme. L'inconnu qu'elle avait croisé à l'instant, dans l'héliport. Il lui avait alors paru vaguement familier.

Ses yeux passèrent sur sa veste matelassée et son jean noir froissé, s'attardèrent sur sa mâchoire ombrée d'un début de barbe, et elle sentit une onde de chaleur la parcourir de part en part. Cela faisait si longtemps qu'elle n'avait pas regardé – vraiment regardé – un homme. Depuis Nathan. Cela ne pouvait qu'apporter des ennuis, elle en avait fait la cruelle expérience.

Elle sentit la chaleur monter à ses joues en repensant au

moment où elle avait pris conscience de sa présence, comme si toutes ses terminaisons nerveuses s'étaient embrasées.

Debout près de ses bagages, elle n'avait eu conscience que des battements de son cœur, de la viennoiserie qu'elle avait dans la main, de l'envie impérieuse qui l'avait saisie de caresser la joue de cet inconnu.

Et ça la reprenait… le cerveau court-circuité, elle avait encore envie de le toucher.

Il était si séduisant qu'elle aurait pu le croire tout droit sorti d'un rêve.

Aucun homme dans la vraie vie ne pouvait être aussi beau. Et pourtant, dans le cadre d'événements sponsorisés par Bryson's Ices, elle avait croisé quelques acteurs très connus, mais bien souvent la réalité était décevante.

Mais lui… Il lui faisait penser à un latin lover avec ses yeux d'un bleu profond, ses cheveux bruns en bataille et son visage ciselé.

Quant à son corps…

Sa bouche devint sèche. Elle côtoyait des patineurs, des sportifs qui s'entraînaient cinq heures par jour. Mais cet homme n'était pas seulement musclé, il dégageait une énergie qui faisait crépiter l'air autour de lui et désorganisait le rythme de sa respiration.

— Je ne crois pas, non, dit-elle d'une voix sèche en agrippant la portière. C'est à vous de vous trouver une autre limousine. Vous voyez, celle-ci est pour les clients du Haensli.

Il contourna la voiture sans dire un mot et se dirigea droit sur elle.

— Oui, en effet, dit-il en se plantant devant elle, et elle est là pour moi.

— Vous n'êtes pas le seul client de l'hôtel, répliqua-t-elle. Mais ça, ça vous passe au-dessus de la tête.

— Qu'est-ce que vous insinuez ?

Elle leva le menton, le défiant du regard. S'il croyait l'intimider, il se mettait le doigt dans l'œil !

— Que vous réagissez comme un enfant pourri gâté qui pense que tout lui est dû et que tout le monde doit se plier à ses exigences.

Elle perçut le petit bruit de gorge de surprise du chauffeur, mais l'homme devant elle ne cilla même pas. Il leva les mains et se mit à applaudir lentement.

— Je suis impressionné. Il faut en général à la plupart des gens deux bonnes heures pour le découvrir, mais vous avez mis dans le mille en seulement…

Il jeta un coup d'œil à sa montre de collection.

— Quatre minutes.

Elle lui décocha un regard noir.

— Vous n'êtes pas drôle.

— Je ne cherchais pas à l'être, rétorqua-t-il en plissant les yeux. Le plaisir et l'amusement ne semblent pas tenir un grand rôle dans votre vie.

Elle tressaillit comme si elle venait de recevoir un uppercut dans le plexus solaire.

— Est-ce que tout va bien, monsieur ?

Elle se retourna et vit qu'un des chauffeurs s'était rapproché et que des curieux les regardaient.

— Il ne manquait plus que ça, marmonna l'inconnu en regardant à son tour autour de lui.

Après un bref mouvement de la tête à l'adresse du chauffeur, il ouvrit la portière de la limousine et, sans lui laisser le temps de réagir, la poussa à l'intérieur, puis se glissa sur la banquette en cuir, à côté d'elle.

Sa cuisse musclée frôla sa jambe, et elle recula vivement.

— À quoi est-ce que vous jouez ? s'exclama-t-elle, les yeux lançant des éclairs.

Il s'enfonça dans la banquette tout en allongeant nonchalamment les jambes.

— Écoutez, ma belle, vous vouliez un véhicule pour vous rendre à l'hôtel, non ? Eh bien vous en avez un ! Alors vous serait-il possible d'être un peu moins soupe au lait ?

Quel goujat !

Comme elle aurait aimé lui dire où il pouvait se le mettre, ce trajet en limousine, mais il aurait bien été capable de l'abandonner sur le bord de la route… surtout s'il découvrait qu'elle ne résidait pas à l'hôtel.

Merry s'était occupée de tout. Son chalet, le ticket d'entrée pour le gala et la limousine à l'héliport, une faveur qu'elle avait demandée à un des chauffeurs du Haensli.

Elle n'avait guère de vie en dehors des entraînements et des compétitions. C'étaient ses premières vraies vacances depuis très longtemps. Alors elle n'allait pas laisser Richie Rich, à côté d'elle, lui gâcher ce moment.

— Donc vous séjournez à l'hôtel.

— Pour le gala, oui.

Ce qui n'était pas faux.

Il laissa glisser ses yeux pénétrants sur elle comme s'il la sondait, comme s'il la soupçonnait de ne pas être complètement honnête.

— Alors nous avons quelque chose en commun, mademoiselle… ?

— Somerville. Santa Somerville.

Son vrai nom était Santina. Ses parents lui avaient donné le nom de la petite ville italienne où ils s'étaient rencontrés. Comme elle était née en décembre, le diminutif Santa était venu naturellement.

— *Santa baby…*, fredonna-t-il doucement. Il se trouve que j'aimerais beaucoup avoir un yacht.

Son sourire s'élargit.

— Ce que je voudrais, c'est un jet privé. Vous croyez que vous pourriez en glisser un pour moi sous le sapin ?

Comme si on ne la lui avait pas déjà faite, celle-là ! Et ça l'amusait en plus.

Elle n'aurait su dire si c'était le sourire qui flottait sur ses lèvres ou la façon dont il la regardait comme s'il avait accès à ses pensées les plus intimes, mais tout son être se mit à vibrer d'une incroyable tension sexuelle.

Elle enfonça les doigts dans la fourrure de sa chapka posée sur ses genoux.

— Je crains que non, dit-elle avec raideur. Je n'ai plus de jets privés en rayon, monsieur…

— Albemarle. Louis Albemarle.

Où avait-elle entendu ce nom ?

Elle le dévisagea avec plus d'insistance, fouillant sa mémoire. Les devantures des magasins de la station de ski huppée et les traîneaux tirés par des chevaux défilaient sur les côtés, et Louis Albemarle se pencha soudain pour donner un petit coup sur la vitre qui les séparait du chauffeur.

— Arrêtez-vous là, je vais marcher.

— Oui, Votre Grâce, répondit le chauffeur en hochant la tête.

Votre Grâce.

Santa fronça les sourcils, totalement perdue. Qui était cet homme ?

— Pourquoi vous appelle-t-il ainsi ?

— Parce que, Mère Noël, c'est la façon dont on s'adresse à un duc.

Bien sûr… Voilà pourquoi il lui semblait si familier.

À sa décharge, elle n'était pas friande de la presse people, contrairement à Kate, sa belle-mère. Il aurait néanmoins fallu vivre dans une grotte ou sur la Lune pour ne pas avoir entendu parler de cet homme, du moins de ses frasques.

Louis Albemarle, duc d'Astbury, fondateur du groupe Bijoux Callière, y était dépeint comme un coureur de jupons invétéré qui laissait derrière lui une traînée de cœurs brisés.

— Vous êtes le duc d'Astbury, dit-elle en secouant la tête. Eh bien, ceci explique cela.

Il bougea sur son siège, le visage soudain dur. La limousine ralentissait.

— Vous croyez tout ce que vous lisez ?

— Pas du tout.

Elle se heurta à une paire d'yeux bleus orageux et se mordit l'intérieur de la joue, surprise par la façon dont son corps réagissait à sa présence.

— Mais vous savez ce qu'on dit : « Il n'y a pas de fumée sans feu. »

— On dit aussi : « Innocent jusqu'à preuve du contraire », mais libre à vous de croire ces torchons.

— Plutôt que qui ? Vous ? lança-t-elle avec un petit rire. Vous avez déjà montré que vous n'étiez pas celui que vous prétendiez être.

Il fronça les sourcils.

— Vous ne me connaissez pas.

— Ce que je sais, c'est que vous êtes un duc, mais pas un gentleman.

— Cela aurait-il fait une différence si j'en avais été un ? Vous vous étiez déjà fait votre opinion sur moi, dit-il en se penchant vers elle, le visage impénétrable.

Il l'observa, les yeux mi-clos.

— Mais sachez que je suis aussi déçu que vous l'êtes.

— Qu'est-ce que vous voulez dire ? balbutia-t-elle, en se sentant pâlir.

— Juste que vous êtes l'une des plus belles femmes que j'ai rencontrées. Un visage expressif, des yeux scintillants… Mais tout cet éclat est trompeur … Parce que c'est de la glace qui coule dans vos veines. En fait…

Il agrippa la poignée de la portière, avant d'enfoncer le clou :

— Je vais aller me réchauffer à l'extérieur.

— Ça me va tout à fait, répliqua-t-elle, les émotions à vif et la gorge serrée.

— Je vous souhaite un agréable séjour au Haensli, mademoiselle Somerville, mais je pense que c'est un concept qui vous passe au-dessus de la tête.

Le claquement de la portière la fit tressaillir, et elle se retrouva seule sur la banquette en cuir souple, la tête pleine de répliques bien senties.

Santa s'avança dans le salon, près de la fenêtre, sa tasse de café à la main.

Le chalet de Merry, à une quinzaine de minutes de marche du Haensli, était chaleureux et confortable, un vrai cocon. Il ne manquait plus que son amie, et elle l'attendait avec impatience.

Elle se revit, les jambes et les mains parcourues de tremblements, quand elle s'était présentée à la réception du Haensli pour récupérer la clé du chalet que Merry avait laissée pour elle. Ce n'était pas à cause du décor chic et très *hygge*, ni de la clientèle insouciante et cosmopolite en doudounes, pulls en cachemire et bottines fourrées hors de prix.

Elle esquissa une moue.

Non, elle savait que c'était à cause de sa rencontre avec le duc d'Astbury.

« C'est de la glace qui coule dans vos veines. »

Les mots qu'il lui avait jetés à la figure en sortant de la limousine avaient réveillé une panique au creux de son ventre.

Ses doigts se crispèrent sur la tasse. Comment l'aurait-il su ? Elle n'en avait parlé à personne. Pas même à Merry.

Son cœur se serra douloureusement. Elle avait eu trop honte à cette époque – peur aussi de voir de la déception

Il n'y avait pas qu

Elle n'avait pas imaginé l'air qu
dans la limousine…

Elle aurait aimé dire que c'était de la détestation, mais cela aurait été bien trop simple. Cela ressemblait davantage à un rapport de force. L'image qui lui vint à l'esprit était celle d'une corde tendue entre eux et que ni l'un ni l'autre ne voulait lâcher.

Elle n'avait jamais rien ressenti de comparable… Il est vrai que Louis Albemarle ne ressemblait à aucun homme qu'elle avait croisé.

C'était un parfait inconnu, et pourtant elle avait l'impression de le connaître. Il l'insupportait et l'attirait en même temps. Jamais elle ne s'était sentie aussi attirée par un homme, comme connectée au moindre de ses mouvements. C'était à la fois déroutant et irrésistible. C'était peut-être pour cela qu'elle avait l'impression de perdre le contrôle. Comme avant. Comme avec Nathan.

Sa gorge se serra.

Elle était tellement naïve à cette époque-là.

Mais cela ne lui arriverait plus. Et sûrement pas avec un homme comme Louis Albemarle. Elle n'avait pas besoin de ce genre de complication dans sa vie – pas la place ni le temps non plus.

Non, elle voulait juste patiner.

Elle ouvrit le sac qui protégeait ses patins à glace – et qui avait coûté plus cher que son billet d'avion –, les en sortit, puis fit courir les doigts sur le cuir blanc.

Toute sa vie était organisée autour du patinage artistique depuis qu'elle avait trois ans. Elle n'était pas douée pour les études comme son père, et n'était pas non plus créative comme Kate ni extravertie comme Merry. Le patinage, c'est ce qui la définissait. Elle ne se sentait jamais aussi confiante et sûre d'elle que sur la glace.

Elle était arrivée douzième lors de sa dernière compétition et, étant donné son âge, elle était lucide : les championnats du monde de patinage artistique organisés deux ans plus tard seraient sa dernière chance de décrocher une médaille. Elle n'allait pas tout gâcher maintenant.

Elle pinça les lèvres. Et surtout ne pas tomber en pâmoison devant Louis Albemarle…

Elle n'avait pas vu les journées passer. Dire qu'elle craignait de s'ennuyer et d'être perdue sans Merry ! Entre lèche-vitrines, pauses-café dans l'un des nombreux petits salons de thé de la ville et patinage, elle ne s'était pas ennuyée une seule seconde.

N'en déplaise à Louis Albemarle ! Elle n'avait pas revu ce dernier depuis l'épisode de la limousine. *Et cela me va très bien*, pensa-t-elle en arrivant aux abords de la patinoire.

C'était la première fois qu'elle l'avait entièrement pour elle. En levant les yeux vers le ciel bleu et les sommets scintillants, elle se sentit balayée par une bouffée d'euphorie. Elle aimait l'atmosphère des compétitions, mais il y avait quelque chose d'unique à patiner ici, dans ce décor naturel d'une beauté exceptionnelle. Elle sentit ses muscles se détendre et son esprit se vider de toute pensée parasite au moment où elle s'élança avec aisance sur la glace.

Louis entra dans le café, la mine renfrognée, et leva les yeux vers le ciel en pestant intérieurement contre Nick.

Malgré ce que Louis lui avait promis, Nick lui avait passé un coup de fil à minuit, la nuit précédente. Minuit à Toronto, 6 heures du matin, ici.

Nick lui avait ensuite laissé un message d'excuse : son téléphone s'était enclenché tout seul, l'appel était involontaire. Tu parles ! Son directeur marketing voulait juste le fliquer, oui.

Il ramena son bonnet en arrière et se laissa tomber sur l'un des sièges.

— *Grüezi*, monsieur. Que souhaitez-vous prendre ?

— *Kaffee-creme*, *bitte*, répondit-il sans regarder le serveur.

Il s'était tourné et retourné dans son lit, sans pouvoir dormir et avait fini par presser un de ses oreillers contre son ventre, comme il le faisait quand il était en pension, quand il avait le mal du pays et que sa famille lui manquait.

Il n'avait plus fait ça depuis des siècles. Ce qui le contrariait, c'est qu'à un moment, alors qu'il flottait entre sommeil et éveil, l'oreiller moelleux et chaud sous ses mains avait pris les courbes douces de Santa Somerville.

Bien sûr qu'il savait que ce n'était pas elle… Pourtant, les yeux fermés, il avait senti une vague de chaleur se propager à travers son corps. Il avait été facile de faire semblant et de la presser plus fort contre lui.

Il porta à ses lèvres la tasse de café que le serveur venait de lui apporter. Santa Somerville surgissait dans sa tête un peu trop fréquemment à son goût, ces derniers jours. Et plus agaçant encore, il avait l'impression de la voir partout.

Se dirigeant d'une démarche chaloupée vers l'ascenseur.

Ou au restaurant, la tête penchée sur le menu.

Sauf que ce n'était jamais elle.

Avait-il déjà été fasciné par une femme au point de la faire apparaître par la seule force de la pensée ? Il ravala un juron.

Avec Marina, peut-être. Cela aurait été normal… Il l'avait fréquentée près d'une année et avait failli l'épouser. Et puis, il la connaissait depuis l'enfance. Leurs familles partageaient même des ancêtres communs. Mais Santa Somerville… Pourquoi elle ? Cela n'avait pas de sens. Entre le moment où elle s'était adressée à lui à l'héliport et celui où il était sorti de la limousine, il n'avait pas dû se passer plus d'une trentaine de minutes en tout et pour tout.

Alors pourquoi accaparait-elle ses pensées ?

Probablement à cause de ce qu'elle lui avait dit. Ses mots l'avaient heurté plus qu'il ne l'aurait cru possible. Presque autant que ses grands airs.

Il était allergique à toute forme d'engagement, mais il n'en faisait pas mystère, et cela n'avait jamais refroidi les femmes. Bien au contraire. Comme si elles voyaient en lui un défi à relever. Ce qui n'était pas pour lui déplaire. Il aimait le sexe simple, sans prise de tête.

Mais Santa Somerville lui avait clairement fait comprendre qu'il ne l'intéressait pas et qu'il ne se passerait rien entre eux. Jamais.

Pourtant…

Il ne s'était pas laissé tromper par le ton querelleur, voire franchement hostile par moments, qu'elle avait adopté. Il avait vu son propre trouble se refléter dans ses yeux.

Leurs corps s'étaient mis à vibrer d'une incroyable tension sexuelle, et avec n'importe quelle autre femme, cela se serait terminé au lit où il l'aurait gardée jusqu'à ce qu'elle soit trop épuisée pour discuter.

Au lieu de ça, elle avait transformé ce qui aurait pu être un agréable interlude en un bras de fer.

Il bougea sur sa chaise, les épaules tendues, luttant contre la frustration qu'il ressentait douloureusement jusque dans son entrejambe et porta son attention sur la patinoire et la femme qui évoluait sur la glace.

Elle portait un fuseau et un bonnet noirs, une veste courte, bordée de fourrure rose vif et des patins blancs. Il retint son souffle sans même s'en rendre compte au moment où elle exécuta un triple axel avec une réception parfaite, qu'elle enchaîna aussitôt avec un double boucle piqué. Il aimait dévaler les pistes en ski ou en snowboard pour la sensation de vitesse, mais le patinage, c'était tout autre chose. Du travail, de l'entraînement, de la technique.

Il se pencha vers l'avant pour avoir une meilleure vue.

Il arrivait qu'un ou deux patineurs attirent l'attention, mais cette fille sortait du lot, légère et aérienne. Elle était un ensorcelant et attrayant concentré de grâce et de puissance.

Elle était sacrément douée.

Et il n'était pas le seul à le penser. Il promena son regard sur les abords de la patinoire où s'étaient regroupés quelques badauds, certains la filmant avec leur téléphone. Des applaudissements fusèrent quand la patineuse termina par une pirouette sur un pied.

Il la regarda glisser vers le café, sortir de la patinoire en ôtant son bonnet. Il jura entre ses dents. Santa Somerville… Évidemment.

Il la caressa du regard, s'attardant sur ses cuisses fuselées, qu'il imagina une fraction de seconde enroulées autour de sa taille, avant de remonter jusqu'à son visage.

Il ressentit quelque chose de chaud se propager sur sa peau. Elle releva le menton, prête à en découdre, et il se redressa, le brouillard qui encombrait sa tête se dissipant instantanément.

— Que faites-vous là ? demanda-t-elle, mi-surprise, mi-irritée.

— J'apprécie la vue, répondit-il, désignant d'un geste de la main les montagnes environnantes. Je savoure aussi ce café. Pourquoi ne pas vous joindre à moi ?

Sans lui laisser le temps de répondre, il leva un doigt en direction du serveur.

— Je ne crois pas que ce soit une bonne idée.

— Pourquoi ? Vous avez peur de céder à la tentation ?

— À la tentation de vous frapper, oui !

Des émotions contradictoires s'imprimèrent sur son visage, et il crut un instant qu'elle allait lui dire d'aller au diable avec son café, avant que les bonnes manières l'emportent. Il la regarda s'asseoir et glisser bien sagement les jambes sous la table.

— J'ai dix minutes. Et c'est juste pour un café, dit-elle d'un ton pincé en jetant un coup d'œil à son téléphone.

— Absolument, acquiesça-t-il. Pas de pâtisserie !

Pour seule réponse, elle leva les yeux au ciel. Il laissa son regard glisser vers ses patins. Du bout de la botte, il poussa doucement celui qui était le plus proche de lui.

— Jolis patins.

Elle écarta aussitôt son pied.

Il y avait quelque chose chez cette femme qui lui donnait envie de la provoquer. Peut-être parce qu'elle réagissait au quart de tour.

— Je savais que c'était une mauvaise idée, lâcha-t-elle.

En la sentant près de se lever, il passa sa botte derrière le pied de sa chaise pour la bloquer.

— OK, OK…, dit-il en levant les mains. Je suis désolé. Je plaisantais. S'il vous plaît, restez. Si ce n'est pas pour moi, au moins pour Herr Frisch. Si vous partez, il va penser que vous n'aimez pas son café. Ce ne serait pas bon pour ses affaires, et ça le contrarierait.

— Très bien, mais enlevez votre pied ! s'exclama-t-elle en se rasseyant.

Il l'observa en silence. Comment s'y prenait-elle pour réussir à être à la fois si exaspérante et si désirable ? Il posa le pied sur la chaise à côté d'elle sans la quitter des yeux comme s'il avait besoin de rééquilibrer le rapport de force.

— Alors, depuis quand patinez-vous ?

Elle marqua une hésitation, sur la défensive.

— Depuis que j'ai trois ans.

— Ceci explique cela.

— Ce qui veut dire ? dit-elle en plissant les yeux.

Elle se souvenait donc qu'elle lui avait balancé la même réplique dans la limousine.

— Que vous êtes très à l'aise sur des patins.

Une princesse de glace en son royaume sur la patinoire, songea-t-il, en la caressant des yeux.

Il ravala ses mots en notant ses poings serrés et but une gorgée de café. Il aurait eu l'air malin avec un œil au beurre noir au gala du lendemain !

— Vous êtes dans votre élément sur la glace. Laissez-moi deviner… Vos parents patinent aussi ?

— Ma mère.

— Et vous avez hérité de son physique avec son talent ?

— Je ne sais pas, rétorqua-t-elle en lui décochant un regard noir. Et vous, avez-vous hérité de votre arrogance en devenant duc ?

D'un geste rapide, elle tira la chaise à côté d'elle pour faire retomber son pied au sol.

Waouh ! Elle avait peut-être des airs de poupée de porcelaine, mais elle ne se laissait pas faire.

— Mon père est mort il y a trois mois, et moi, j'ai toujours été comme ça.

Il rapprocha la chaise pour poser à nouveau son pied dessus, tirant un petit bruit de bouche à Santa Somerville pour marquer sa désapprobation.

— C'est pour la patinoire que vous avez choisi le Haensli ?

Elle détourna le regard, avant de se pencher pour dénouer ses lacets.

— Pas que. Mais c'est un plus. J'aime avoir la possibilité de patiner tous les jours.

— Tous les jours ? Vous prenez ce hobby au sérieux.

— Eh bien, vous me connaissez… L'amusement ne

tient pas une grande part dans ma vie, dit-elle en levant un sourcil parfaitement dessiné, avant d'enfiler ses après-skis.

Il la dévisagea longuement. Il avait de toute évidence touché un point sensible. Non, il ne la connaissait pas.

Mais il ne demandait qu'à en apprendre plus sur elle. Ou du moins, à découvrir ce qui se cachait sous cette doudoune. Se cambrerait-elle sous ses mains comme elle venait de le faire sur la glace ?

— Mais le patinage, si ? demanda-t-il.

Elle hocha vivement la tête, faisant osciller sa queue-de-cheval.

— Je suis patineuse artistique.

Il aurait dû s'en douter. L'équilibre et la prestance, l'investissement et la motivation. La mère. Il ne connaissait pas beaucoup d'enfants de trois ans qui demandaient des cours de patinage, et il y avait toujours des parents très investis derrière les athlètes de haut niveau. Des parents qui mettaient toute leur énergie au service de leurs enfants.

Ce qu'il n'avait pas eu la chance de connaître. Après avoir refusé d'épouser Marina, il n'avait pas pu compter sur le soutien et la compréhension de ses parents.

Alors qu'ils connaissaient la vérité et qu'il était leur fils, leur unique enfant.

Il se ressaisit, refusant de ressentir l'assaut de tristesse qui finissait toujours par venir quand il pensait à tout ça et fit un geste vers la patinoire.

— C'était donc un programme ?

— Un passage d'un programme court.

Il fronça les sourcils.

— Vous n'avez pas besoin de musique ?

— Habituellement oui, mais c'est risqué de porter des écouteurs quand il y a d'autres patineurs sur la glace.

Du bout des doigts, elle lissa distraitement la serviette

qu'on lui avait apportée avec le café, déclenchant en lui une myriade de sensations qui explosèrent dans son ventre.

— Alors comment faites-vous ? demanda-t-il, s'efforçant de chasser de son esprit l'image de ses mains sur son corps.

Elle fronça les sourcils comme si elle ne s'était pas attendue à sa question, et il lutta contre l'envie irrésistible de se pencher vers elle pour effacer du doigt le pli qui s'était dessiné sur son front.

— Je ne fais rien. Je me contente juste de patiner.

— Non, ce que je viens de voir, ce n'est pas « juste » patiner. On sait la masse de travail que cela doit demander, mais la façon dont vous glissez… vous réussissez à rendre la chose facile. Vous fusionnez avec la glace. C'est naturel comme l'eau qui ruisselle.

Elle cligna des yeux.

— Pardon ?

Comme l'eau qui ruisselle. Où était-il allé chercher ça ? Qu'est-ce qui lui avait pris de le dire à voix haute ?

Son regard glissa sur les tables qui s'étaient remplies et s'arrêta sur un groupe de jeunes femmes qui lui lançaient des œillades appuyées.

Il eut soudain l'impression de revenir en terrain connu et rassurant. Des sourires faciles et avenants…

Il plissa les yeux et leur décocha un sourire, avant de reporter son attention sur Santa Somerville.

— Je dis seulement que vous êtes douée et que je suis impressionné. Vous avez du talent.

Il ne se mouillait pas. Cela restait une remarque bateau.

Ou pas… , s'alarma-t-il en voyant son visage se vider de toute expression.

— Ne vous sentez pas obligé de me dire tout ça.

— Ce n'est pas le cas.

— Et, croyez-moi, il en faudra plus pour me mettre dans votre lit.

— C'était un simple compliment. Je n'avais aucune arrière-pensée.

— Bien sûr que non, dit-elle avec ce petit air pincé dont elle avait le secret et en tapant nerveusement le sol du bout de sa botte. Je ne sais pas ce qui est le plus insensé. Que vous ayez pu penser que l'on pourrait coucher ensemble ou que je pourrais succomber à votre tentative de flatterie.

Il ressentit comme un craquement désagréable en lui, celui de sa patience se cassant net en deux.

— OK ! Soyons clairs, je n'ai pas besoin de manipuler ou d'user de flatterie pour mettre une femme dans mon lit. La plupart du temps, je n'ai même pas besoin d'ouvrir la bouche.

Elle le regarda comme s'il venait de se couvrir d'écailles.

— Dommage pour vous qu'on ne soit pas « la plupart du temps », lâcha-t-elle en glissant la main dans sa poche pour en sortir un billet. Vous savez, pendant un bref instant j'ai presque cru que vous étiez sympa.

— Ah oui ? Eh bien, pendant un bref instant, j'ai presque cru que vous étiez humaine. Mais je me suis trompé. Vous avez vraiment de la glace dans les veines.

Elle se leva, tête haute, telle une reine quittant son trône.

— Vous bégayez comme un disque rayé, Votre Grâce, dit-elle en attrapant ses patins. Mais vous devrez vous trouver quelqu'un d'autre si vous cherchez une pause gourmande, parce que je ne suis pas intéressée.

Elle jeta un coup d'œil au groupe de femmes qui gloussaient.

— Profitez bien de la vue.

Louis la regarda s'éloigner, la colère le disputant à l'incrédulité. C'était la seconde fois qu'elle le battait froid, dans tous les sens du terme, et la seconde fois qu'elle lui reprochait quelque chose qu'il n'avait pas fait.

Eh bien ! Bon débarras !

Il en avait fini avec Santa Somerville, avec ses étranges sautes d'humeur et cette promptitude à le juger.

Même si sa vie lui avait appartenu et si Nick n'avait plus été sur son dos, il n'aurait pas envisagé de fréquenter une femme comme elle. Même si elle avait des jambes à se damner ! Il se ressaisit. C'est vrai quoi : elle n'était même pas son type. Trop nerveuse. Trop sérieuse. Elle ne savait pas s'amuser, et lui ne cherchait qu'à s'étourdir pour tromper son ennui et sa frustration.

Un lent sourire étira ses lèvres.

Heureusement, il allait avoir la parfaite occasion de se distraire le lendemain soir. Combien de temps lui faudrait-il, immergé dans une fête pleine de jolies femmes, pour l'oublier ?

Santa traversa la salle et sortit du café. La panique lui montait à la tête comme une dose d'alcool pur.

Elle avait été à deux doigts de baisser la garde. Quelques questions par-ci… un sourire par-là. Il ne lui en avait pas fallu plus pour oublier qui il était et surtout qui elle était, elle.

Elle s'engagea dans la rue, vers le chalet de Merry, tenaillée par la sensation collante d'être en décalage… complètement inadaptée. Son cœur battait si fort qu'elle avait l'impression de l'entendre résonner comme un tam-tam.

Il était plus que probable que Louis Albemarle l'avait baratinée, mais si ce n'était pas le cas ? S'il pensait ce qu'il lui avait dit ? C'est ce qui la tétanisait, parce qu'alors elle devrait faire un choix.

Seulement il n'y avait pas de choix à faire, pas vraiment. Ça lui coûtait de l'admettre, mais c'était impossible. Elle introduisit la clé dans la serrure. Comme elle aurait aimé que Merry soit là ! Elle aurait à coup sûr dédramatisé la situation et l'aurait fait rire.

Elle se sentit partir vers l'avant au moment où la porte s'ouvrait et crut être victime d'une hallucination.

— Te voilà enfin ! s'exclama Merry. J'allais partir à ta recherche.

Puis elle leva les yeux au ciel, en remarquant les patins dans les mains de Santa.

— C'est plus fort que toi, hein ? Je savais que tu ne pourrais pas t'en empêcher. Sérieux, Santa ? Tu es en vacances.

Santa battit des paupières pour refouler ses larmes et se jeta dans les bras de son amie.

— Je le suis maintenant.

Elle n'était plus du tout dans le même état d'esprit en pénétrant dans le Haensli par l'entrée du personnel. Santa souleva délicatement le bas de sa robe pour ne pas marcher dessus et suivit Merry. Sa Merry. Sa meilleure amie, celle qui la connaissait mieux que personne en dehors de sa famille et qui l'avait toujours protégée était là.

— Est-ce que ça va ?

— Ça va. Vraiment. Et je vais profiter de cette soirée. C'est promis, lui assura-t-elle en lui pressant la main.

Elle n'aurait jamais l'assurance de Merry et ne serait sans doute jamais tout à fait à l'aise dans les grands événements, mais les années de compétitions l'avaient guérie de sa timidité maladive.

Elle ne voulait pas que Merry s'inquiète pour elle, au moins ce soir – d'autant que son amie ne semblait pas aussi sereine que d'habitude. En fait, passée la joie des retrouvailles, elles avaient été plutôt silencieuses, plongées dans leurs pensées. Santa ne lui avait même pas parlé de sa rencontre avec Louis Albemarle, ou très vaguement.

Elle s'était dit que Merry devait être fatiguée par le voyage et qu'elle avait d'autres choses en tête avec l'organisation du gala le plus prestigieux d'Europe.

Elle enfila ses chaussures et vacilla, manquant perdre l'équilibre.

— Comment peux-tu avoir la grâce d'un cygne sur la glace et la maladresse d'un canard sur la terre ferme ? s'esclaffa Merry.

Santa aurait pu se plaindre de ses chaussures, mais quelque chose lui disait que son instabilité avait plus à voir avec la possible présence ce soir-là d'un certain duc qu'avec la hauteur de ses talons.

— Prête ? lança Merry avec un sourire, coupant court à ses pensées.

Santa fit mine de réfléchir à la question tout en lissant sa robe rose pâle du plat de la main. C'était un prêt pour la soirée, mais elle épousait ses courbes comme si elle avait été faite pour elle.

— Je crois.

— Tu n'as pas intérêt à te cacher dans un coin sombre ou dans les toilettes ! Tu peux rester avec moi si tu veux, il y a de la place sous mon aile, lui chuchota Merry en l'étreignant devant les grandes portes.

Santa secoua la tête et sourit.

— Ne t'inquiète pas pour moi. Allez, le travail t'attend.

Le sourire vacillant, elle regarda Merry s'éloigner et disparaître dans la foule des invités, avant de prendre une profonde inspiration. Elle avait bien l'intention de tenir sa promesse et de profiter pleinement de la soirée.

Ce soir, elle allait s'amuser et tout oublier, jusqu'à l'existence d'un certain duc.

3.

Santa posa un regard émerveillé sur la salle de bal du Haensli. L'espace, déjà impressionnant avec ses hauts plafonds et ses immenses baies, était habillé de lumière. Un décor hivernal féerique avait spécialement été créé avec des sapins de Noël enneigés et, en toile de fond, des flocons de neige virevoltants qui étincelaient de mille feux comme de vrais diamants.

Elle avala une gorgée de son cocktail. Vodka, Cointreau, liqueur de prune et prosecco, et des paillettes d'or pour le côté festif.

Délicieux et très fort… Cela devrait faire passer le nœud qui lui comprimait le diaphragme.

Elle trempa à nouveau les lèvres dans son verre. D'ordinaire, elle ne buvait pas. L'alcool n'était pas compatible avec les entraînements. Au lycée, elle avait regardé les autres boire jusqu'à l'ivresse. Si elle avait accepté de prendre quelques verres, cela aurait sans doute rendu plus facile son intégration. On l'aurait jugée moins coincée.

Mais comment aurait-elle pu s'enivrer après ce qui était arrivé à sa mère ?

Elle n'aurait pas pu se regarder dans une glace, et encore moins regarder son père dans les yeux.

Ce soir, c'était exceptionnel. Elle était en vacances, et puis Merry était dans le coin. Quel mal y avait-il à s'amuser un peu ? Et même à se lâcher ? En fait, elle voulait s'éclater et faire mentir le duc d'Astbury…

Elle pesta intérieurement contre elle-même. Que venait-il faire dans sa tête ?

Encore. Depuis qu'elle avait quitté le café, la veille, Louis Albemarle s'immisçait dans ses pensées avec une régularité frustrante.

La façon dont il passait le pouce sur le bord de sa tasse… La façon dont il avait touché sa botte comme s'il lui avait fait du pied…

Elle déglutit péniblement, la gorge soudain sèche. Il fallait qu'elle se ressaisisse et retrouve sa concentration parce qu'elle n'avait jamais aussi mal patiné. Elle avait accumulé les erreurs de débutant, trébuchant plus d'une fois.

Et puis, elle était toujours sur le qui-vive, nerveuse, redoutant de tomber sur lui.

Elle but une autre gorgée tout en faisant quelques pas sur le côté, avant de se diriger vers les grandes baies vitrées.

Si seulement elle pouvait avoir dans la vie la force et l'assurance qu'elle ressentait sur des patins. Sur la glace, elle était dans son élément. Elle était elle-même et ne craignait pas de dire ou de faire ce qu'il ne fallait pas.

— Excusez-moi.

Elle se tourna vers la voix féminine à l'accent américain et découvrit deux jeunes femmes, une blonde et une brune, qui la dévisageaient comme si elles venaient de tomber sur une licorne.

— Vous êtes la patineuse, n'est-ce pas ? Vous êtes Santa Somerville ? s'exclama la blonde, en robe blanche moulante et échancrée.

Santa sentit le rouge monter à ses joues. Peu de gens faisaient le lien entre la jeune femme naturelle aux tenues décontractées qu'elle était dans la vie de tous les jours et la patineuse artistique en costume, les cheveux tirés en un chignon strict ; on la reconnaissait rarement en dehors de la patinoire.

Son chignon tresse sophistiqué et la couleur charbonneuse qui bordait ses yeux et faisait ressortir leur teinte bleue n'étaient sans doute pas étranger à ça.

— Oui, c'est moi, lâcha-t-elle avec un petit sourire.

— Je le savais ! s'exclama triomphalement la brune. J'étais près de la patinoire hier et je vous ai immédiatement reconnue. Vous êtes incroyable. J'ai beaucoup aimé votre dernier programme long.

Santa sourit.

— Merci. Dommage que vous n'ayez pas fait partie du jury.

— Ça semble si simple quand vous êtes sur la glace. Je ressemble à Bambi quand je patine, avec les jambes qui partent dans des directions opposées.

Santa se mit à rire tandis que la brune ajoutait :

— La seule glace avec laquelle je suis à l'aise, c'est celle qui est dans mon verre.

— Vous devriez tester ce cocktail, ajouta la blonde en levant le sien. Pastis et vodka. C'est mortel. Au fait, moi, c'est Lauren.

Dans un éclat de rire, elle fit tinter son verre contre celui de son amie.

— Et elle, c'est Chloe.

— J'adore votre robe, intervint cette dernière avec un soupir. Je tuerais pour avoir vos jambes.

— Merci. Et moi, j'adore vos bracelets, répondit Santa en remarquant les bijoux constellés de diamant identiques qu'elles arboraient à leur poignet.

Lauren pouffa.

— On a eu la même idée pour nos cadeaux, à Noël dernier. On a les boucles d'oreilles assorties, mais on ne les a pas mises, ce soir.

Puis elle baissa la voix, chuchotant presque pour basculer en mode confidence.

— Vous savez ce qu'il y a dans les sacs cadeaux ? Des puces d'oreilles en diamant Callière pour chaque invitée !

Chloe s'éventa le visage.

— Je ne dirais pas non si c'était le duc d'Astbury en personne qui sortait du paquet cadeau. Il est tellement sexy, et il sait s'amuser.

Santa se figea, en entendant son titre prononcé à voix haute. Elle jeta furtivement un coup d'œil autour d'elle comme si elle s'attendait à le voir surgir de nulle part.

— C'est un chien fou, mais j'ai toujours eu un petit faible pour les mauvais garçons, poursuivit Chloe en hochant la tête.

Santa les écoutait s'enthousiasmer, un sourire plaqué sur les lèvres, aiguillonnée par un pincement de jalousie qu'elle ne comprenait pas.

— En parlant du loup…, lâcha Lauren en lui faisant un clin d'œil. Il y a une soirée privée dans une suite du palace, et nous pensions aller traîner à l'étage, avant de revenir ici, plus tard quand la fête battra son plein. Ça vous dit ?

L'adolescente en elle, celle qui n'était jamais invitée, pointa soudain son nez et se mit à se trémousser de plaisir.

Le brouhaha dans la salle de bal enfla soudain, et elle distingua clairement des rires féminins, proches du roucoulement – ou du ronronnement de plaisir – comme si quelqu'un venait de trouver le titre de propriété d'une mine de diamants au pied du sapin, voire même le propriétaire de la mine lui-même !

Son cœur manqua un battement. Elle tourna la tête, crut voir une tête brune et, en un claquement de doigts, elle perdit toute contenance.

Elle porta son verre à ses lèvres et le but d'une traite,

le posa sur le plateau d'un serveur qui passait près d'elle et en prit un autre.

— J'adorerais venir avec vous ! s'exclama-t-elle avec un large sourire. On y va ?

Au moment où elles arrivèrent devant les ascenseurs, son verre était à moitié vide, et elle était un peu euphorique, mais elle se sentait soulagée. Elle ne risquait plus de tomber sur Louis Albemarle.

Elle se retrouva avec les filles dans un couloir devant une porte qui s'ouvrit brusquement. Elle entendit de la musique, le bruissement des conversations, et un grand blond au visage pâle et anguleux apparut devant elles.

Chloe laissa échapper un cri.

— Oh ! mon Dieu, Sebastian ! Je ne savais pas que tu serais ici.

Tout le monde à l'exception de Santa se mit à pousser des petits cris.

— Sebastian a été son petit copain quand ils étaient au lycée Beau Soleil, ici en Suisse, lui chuchota Lauren à l'oreille alors qu'elles se mêlaient aux invités. Son père est prince de je ne sais pas où, le nom est imprononçable.

Santa hocha distraitement la tête tout en promenant le regard dans la suite aux murs gris pâle, avec un feu dans une immense cheminée, et un balcon qui offrait une vue à couper le souffle sur les cimes enneigées… Ce dont tout ce petit monde de privilégiés, habitué au plus grand luxe, semblait se désintéresser.

Ses yeux se posèrent sur trois acteurs assis sur un canapé en velours vert foncé, en grande discussion, indifférents à ce qui se passait autour d'eux.

Elle pivota soudain avec la conscience aiguë d'être observée et arrêta de respirer.

Louis Albemarle se tenait à quelques mètres d'elle,

sexy en diable dans son smoking noir, un verre vide à la main.

Leurs regards se croisèrent. Des étincelles coururent sur sa peau, son cœur vrilla comme lorsqu'elle exécutait ses sauts sur la glace, et sa tête se mit à nouveau à tourner… sous le coup de la panique cette fois-ci et pas de l'alcool.

Que faisait-il là ? Ça n'avait pas de sens. Il était en bas, dans la salle de bal…

Ce qui n'était manifestement pas le cas. Comment avait-elle pu penser une seule seconde qu'il ne serait pas présent à cette petite fête privée ?

Elle pesta silencieusement.

Elle jeta à nouveau un regard furtif dans sa direction, assaillie soudain d'images torrides de leurs corps enlacés et emboîtés l'un dans l'autre, haletants et submergés par le plaisir. Cela devrait être interdit d'être aussi beau.

Elle voulut tourner les talons et se fondre au milieu des convives, mais resta figée, comme si ses pieds étaient collés au sol, et le vit avancer vers elle comme au ralenti.

— Je ne peux pas dire que je suis surprise de vous trouver ici.

— J'espère bien que non, dit-il d'une voix traînante. Moi, en revanche, je le suis un peu. Je me demande ce que penserait votre sponsor s'il vous voyait…

Il baissa les yeux sur le verre vide qu'elle avait dans la main, et un sourire moqueur étira ses lèvres.

— Es-tu pompette, Petite Maman Noël ?

— Arrêtez de m'appeler comme ça, s'agaça-t-elle, tenaillée par l'envie d'effacer le sourire narquois de son visage.

Elle leva le menton, le défiant du regard avec un aplomb qu'elle était loin de ressentir.

— Et puis, ça ne vous regarde pas, Votre Grâce. Si vous voulez bien m'excuser, je vais rejoindre mes amies maintenant. Oh ! et ne vous sentez surtout pas obligé de venir me faire la conversation. Je ne serai pas offensée le moins du monde si vous ne le faites pas.

Elle voulut le contourner et s'éloigner avec dignité, mais il anticipa son mouvement et fit un pas sur le côté pour lui bloquer le passage.

— Si vous étiez un homme, je vous provoquerais en duel pour m'avoir parlé comme ça.

— Mais comme vous n'êtes qu'un enfant gâté, je ne risque pas grand-chose, pas vrai ? Maintenant, laissez-moi passer ou j'appelle la sécurité qui vous mettra dehors.

— De ma propre fête ?

Il ne s'était pas attendu à la revoir, surtout pas après la façon dont ils s'étaient séparés au café.

Elle l'avait carrément éconduit. C'était une première pour lui, et il n'avait pas résisté à la curiosité de taper son nom sur un moteur de recherche.

Elle avait commencé la compétition enfant. Après un passage à vide inexpliqué quelques années plus tôt, elle était en train de retrouver son meilleur niveau. Depuis qu'elle était devenue l'ambassadrice de Bryson's Ices, récemment, elle avait une glace à son nom, le Santa Swizzle, un cône à la vanille enrobé de chocolat blanc avec une couronne de sucre filé.

Que faisait-elle là, dans sa suite, le prenant toujours de haut avec ses petits sourires pincés et moralisateurs ?

Avec un petit changement, et pas des moindres. La dernière fois qu'il l'avait vue, elle était emmitouflée dans sa doudoune. Et là… Quelle robe !

D'un coup d'œil, il engloba ses manches longues et son décolleté faussement sage, s'attardant sur les deux fentes sur le devant de la jupe d'un violet foncé brillant qui laissaient deviner ses cuisses.

— Appelez la sécurité, faites comme chez vous… Vous êtes mon invitée – ou pas d'ailleurs… mon invitée, je veux dire, ironisa-t-il. Vous êtes une resquilleuse. Et moi, je suis le duc d'Astbury.

Le violet lui allait à ravir, c'était sa couleur, songea-t-il, son regard s'attardant sur sa bouche boudeuse. Ses yeux glissèrent irrésistiblement plus bas, alors qu'elle avançait d'un pas, dévoilant une cuisse.

— Vous savez que vous êtes un malotru.

— Vous semblez incapable de rester loin de moi, pourtant.

— Je ne savais pas que vous seriez ici.

— Ah oui ! parce que je ne vous « intéresse » pas, dit-il d'un ton moqueur en mimant le geste des guillemets.

— Exactement, fulmina-t-elle.

Il caressa des yeux ses joues rougies, sa gorge où battait son pouls. Il la désirait et savait qu'elle ressentait la même chose. Pourquoi refusait-elle de voir l'évidence ?

— Dites-le à vos yeux. Parce qu'ils sont en train de me reluquer.

— Vous êtes d'une sacrée arrogance.

— Et vous, vous êtes une belle hypocrite, susurra-t-il, cherchant à la pousser dans ses retranchements. Ça ne vous plaît peut-être pas, mais admettez-le : vous me désirez.

— Dans vos rêves, lâcha-t-elle en rougissant.

— Il suffit de me le demander gentiment pour que les vôtres deviennent réalité.

Elle ouvrit des yeux grands comme des soucoupes et laissa échapper un petit bruit de gorge entre surprise et couinement.

— *Pardon ?*

— Vous avez bien entendu, dit-il d'une voix basse.

Elle jeta un regard par-dessus son épaule comme pour s'assurer qu'aucune oreille indiscrète n'écoutait leur échange, avant de secouer la tête.

— Je ne veux pas avoir cette conversation ici.

— S'il n'y a que ça… Allons dans un endroit plus intime, dit-il, s'amusant franchement de la situation.

Cédant à un élan qui le surprit lui-même, il l'attira contre lui et pressa sa bouche contre la sienne.

Il la sentit agripper ses épaules, avant de s'appuyer contre son torse, ses doigts glissant sur ses biceps, et le désir le percuta de plein fouet.

Ses lèvres avaient la douceur d'un pétale de rose, et il perdit pied presque instantanément. Il poussa sa langue et approfondit le baiser. Elle avait le goût de baies sauvages et du vin. Sombre et capiteux. Il en voulait plus. Il voulait tout. Il enroula un bras autour de sa taille, posa son autre main sur sa hanche comme pour prendre possession de son corps.

Elle répondait à son baiser avec fougue, presque maladroitement, comme si elle manquait de pratique. La façon dont elle s'abandonnait entre ses bras ne fit qu'attiser son désir et électrisait toutes ses terminaisons nerveuses.

Il glissa la main au creux de ses reins, ses doigts s'aventurant avec possessivité sur ses fesses. Le brouhaha autour de lui s'estompa, et il n'exista plus que le frôlement de sa cuisse contre ses jambes.

— Pardonnez-moi, Votre Grâce…

Il sentit un homme se racler la gorge derrière lui, puis Santa se dégager d'un pas vacillant comme si le charme se brisait.

Le bruit de la fête le percuta comme un train lancé à vive allure. Il la regarda, ébranlé par l'intensité de ce qui venait de se passer.

Il avait voulu mettre son monde à elle sens dessus dessous, et c'est lui qui se retrouvait sens dessus dessous !

Désorientée, Santa regarda Louis. Tout son corps vibrait d'une tension sexuelle si puissante qu'elle dut se faire violence pour ne pas l'agripper par les revers de sa veste et le supplier de l'embrasser encore.

— Je suis désolé de vous déranger, Votre Grâce…, reprit l'homme en s'avançant d'un pas hésitant.

— Pas maintenant, Herr Widner, le coupa Louis sans se retourner.

— Toutes mes excuses, Votre Grâce, mais vous vouliez savoir quand l'équipe de sécurité serait là.

Louis jura à voix basse et finit par se retourner vers son interlocuteur.

— Et c'est chose faite. Alors si vous permettez…

— Bien sûr, Votre Grâce, mais j'aurais besoin de votre signature.

— Où ? gronda-t-il en se saisissant de la tablette que lui tendait l'homme.

Santa frissonna, essayant de reprendre pied dans le réel. Que venait-il de se passer ? Qu'avait-elle fait ? Elle jeta un coup d'œil furtif autour d'elle et surprit quelques regards curieux posés sur eux.

Pourquoi restait-elle plantée là ? Ne s'était-elle pas assez ridiculisée pour ce soir ?

Des images avec Nathan aussi nettes que si c'était arrivé la veille glissèrent devant ses yeux, et sans réfléchir elle souleva le bas de sa jupe et tourna les talons. Autant s'épargner les excuses humiliantes.

Elle sentit plus qu'elle ne vit Louis se tourner vers elle, au moment où elle se faufilait entre deux groupes d'invités.

Elle longea rapidement un mur jusqu'à la première porte, qu'elle ouvrit et referma aussitôt.

Zut, zut, zut ! Une chambre.

Elle posa la main sur le bras d'une femme vêtue d'une sublime robe à paillettes.

— Pardon… où se trouve la salle de bains ?

— Juste là…

La femme lui pointa une porte du doigt.

— Ne traînez pas trop, ajouta-t-elle d'une voix pâteuse. On va tous redescendre.

Santa poussa un soupir de soulagement en refermant la porte sur elle, et la verrouilla, les mains tremblantes. Elle s'avança vers la vasque et observa son reflet dans le miroir tout en ouvrant le robinet d'eau froide. Avec ses yeux démesurément grands et sa bouche gonflée par le baiser, elle avait l'impression d'observer une inconnue.

Elle se toucha la lèvre. Elle se sentait comme étrangère à elle-même. Son cœur cognait contre ses côtes, et elle le ressentait jusqu'au creux du ventre… Une sorte de chaleur mêlée de picotements inédite.

Elle ferma le robinet et se sécha les mains, cherchant à reprendre le contrôle de sa respiration.

Elle tendit l'oreille, sans parvenir à entendre le moindre bruit de l'autre côté de la porte. Les invités devaient être en train de rejoindre le gala. C'était ce qu'elle voulait faire aussi.

Et si Louis l'attendait ?

Un frisson courut le long de son dos. Si elle le revoyait, seul à seul, elle n'était pas sûre d'être capable de lui résister. Ce serait peut-être plus sûr d'attendre encore un peu.

Comment avait-elle pu lui rendre son baiser et s'abandonner sans retenue au plaisir ?

Elle n'était pas la seule à blâmer pour ce moment d'égarement.

Rien ne l'avait préparée à cet afflux de sensations. Elle n'avait embrassé qu'un seul autre homme dans sa vie, et cela n'avait rien eu à voir.

Avec Louis, cela avait été une exploration sensuelle, grisante, et son corps s'était embrasé.

Comment avait-elle pu perdre toute retenue, oublier où elle se trouvait ? Les avait-on vus s'embrasser ?

Elle grimaça. Quelle importance ? Ils étaient tous riches, célèbres, et la réputation de Louis le précédait.

Elle observa la salle de bains, enregistrant d'un coup d'œil l'immense baignoire encastrée, le tapis en laine d'alpaga qui recouvrait quasiment tout le sol et la banquette blanche aux courbes voluptueuses, près de la fenêtre, avec vue imprenable sur les montagnes.

C'était une salle de bains somptueuse.

La vie était un éternel recommencement… Une fille, une fête et une salle de bains !

La fête était finie pour elle. Elle ne pouvait pas affronter Louis, et si Merry l'apercevait, elle saurait immédiatement que quelque chose clochait, et Santa ne voulait pas inquiéter son amie, surtout pas ce soir. Elle allait rentrer. Se forçant à respirer calmement, elle passa le plat de la main sur sa jupe et actionna la poignée de porte. Elle fronça les sourcils, avant de la tourner dans l'autre sens, puis de la secouer. En vain. La porte restait obstinément close.

— Hé oh ? Il y a quelqu'un ?

Elle tapa contre le battant.

— Hé oh ! Je suis coincée, la porte ne s'ouvre pas.

Aucune réponse. Forcément, puisque les convives avaient dû rejoindre la grande salle de réception de l'hôtel.

Elle s'assit sur la banquette, se mordillant nerveusement la lèvre. Elle n'allait pas appeler Merry. La honte ! La réception de l'hôtel ? Il lui faudrait alors expliquer pourquoi elle se trouvait enfermée dans la salle de bains de Louis Albemarle.

Le visage tourné vers la fenêtre, elle regarda les flocons tournoyer mollement dans les airs, gagnée par une vague de lassitude.

Il n'y avait pas de quoi paniquer. Il lui fallait juste réfléchir à la meilleure façon de se sortir de cette situation. À cet instant, elle en avait juste marre. Ras le bol de se retrouver enfermée dans une salle de bains, ras le bol d'être gouvernée par la peur. La peur d'embrasser et d'être embrassée. La peur des conséquences. Elle avait surtout redouté ce que Louis allait dire, ce qu'elle allait lire sur son visage…

Elle frissonna. Elle détestait être comme ça. Elle s'allongea, sans se soucier de sa coiffure et de son maquillage, et posa le visage contre le nubuck. Ce contact apaisant lui faisait penser au manteau de sa mère, celui qu'elle portait toujours aux entraînements. Les yeux fermés, elle pressa les mains sur son ventre, où elle avait ressenti cette sensation languide et traîtresse.

Elle resta allongée, sortant de temps en temps son téléphone pour appeler à l'aide, avant de se dégonfler. Elle finit par perdre toute notion du temps, le regard rivé sur les flocons de neige et somnolant à moitié.

Elle se réveilla dans un sursaut. Il neigeait toujours, mais il ne faisait plus aussi sombre.

Elle attrapa son téléphone et en regarda l'écran avec effarement.

Il ne pouvait pas être cette heure. Elle n'avait pas pu dormir aussi longtemps.

Elle se releva et se jeta presque sur la porte. Elle se mit à tourner la poignée dans tous les sens quand la porte s'ouvrit brutalement.

— Bon sang ! mais…

Elle entendit jurer. Une voix grave, trop familière. Ses yeux rencontrèrent deux iris bleus familiers, eux aussi.

— Je suis sûr qu'il doit y avoir une bonne explication à ta présence ici, lança Louis après un bref silence. Mais ne te sens surtout pas obligée de me la donner.

Il plissa les yeux.

— Je ne serai pas offensé le moins du monde si tu ne le fais pas.

4.

Louis lui désigna la porte d'un geste de la main.

— Oh ! et si tu t'interrogeais, la sortie, c'est par là. Tu l'as probablement manquée tout à l'heure, ce qui ne serait pas surprenant vu la vitesse à laquelle tu as pris tes jambes à ton cou.

Il lui tourna le dos et se dirigea vers la chambre, résistant à la tentation de claquer la porte derrière lui. S'il n'avait pas été si vanné, il ne se serait pas arrêté, un pied devant l'autre, jusqu'à l'héliport de Davos.

Au moins, il aurait été sûr de ne pas céder à la tentation de reprendre là où il s'en était arrêté avec elle. Il s'approcha de la carafe de whisky et s'en servit une dose généreuse qu'il but en deux gorgées. Il s'en resservit une aussitôt.

S'il s'était écouté, il se serait bien enfilé la carafe entière.

Santa lui avait fait vivre les heures les plus déconcertantes et frustrantes de sa vie. Il s'était à peine tourné vers le directeur adjoint et sa fichue tablette qu'elle avait disparu, sans un mot.

Il pinça les lèvres, soudain furieux. Il n'en revenait toujours pas qu'elle l'ait planté ainsi.

Jamais une femme qu'il venait d'embrasser ne l'avait fui, mais Santa, si. À une seconde précise, elle était blottie contre lui, sa bouche docile sous la sienne et, à la suivante, elle était partie. Évaporée. Presque comme s'il n'avait fait que l'imaginer.

Oh ! pour l'imaginer, il l'avait imaginée depuis leur rencontre. Avec beaucoup moins de vêtements sur elle, passionnée et ardente, sollicitant son attention exclusive.

Il n'avait pas résisté à l'envie de la goûter. Il avait aussi voulu se prouver qu'elle n'avait rien de spécial, qu'il pouvait lui faire tourner la tête et effacer ce petit air hautain.

Il s'était trouvé pris à son propre jeu, et comme si ça ne suffisait pas, Santa réapparaissait comme une fleur dans sa suite.

Dans la chambre en plus, songea-t-il, amer, alors qu'elle s'avançait vers lui.

— Je n'arrivais pas à ouvrir la porte. La serrure doit être cassée ! s'exclama-t-elle avec un regard accusateur.

Il vida son verre, puis haussa les épaules.

— Pourquoi n'as-tu pas appelé la réception ? On serait venu t'ouvrir.

— Je ne sais pas. Il faut croire que je n'avais pas toute ma tête.

Il posa son verre vide et reporta son attention sur elle, les muscles tendus, le corps pulsant douloureusement de frustration. Une frustration qui ne risquait pas d'être soulagée de sitôt, à en juger par l'indignation qui voilait le regard de Santa.

Elle était indignée de quoi, franchement ? C'était elle qui avait quitté la fête en le laissant sans explications et avec une érection d'enfer.

— Pas toute ta tête ? s'étonna-t-il en jetant un coup d'œil à sa montre. Cela ne t'a quand même pas demandé cinq heures pour reprendre tes esprits ?

— Je me suis assoupie. Mais je n'aurais pas eu besoin de reprendre mes esprits comme tu dis si tu ne m'avais pas embrassée. En fait, je ne serais même pas allée dans ta salle de bains.

Il secoua la tête. La moutarde commençait à lui monter au nez.

— J'aurais dû me douter que ce serait ma faute. Vas-y, alors. Dis-moi, lâcha-t-il d'un ton sec en avançant vers elle. En quoi suis-je responsable de tout ça ?

Elle releva les yeux. Ses iris bleus étincelaient.

— Oh ! ne te fais pas plus lourd que tu ne l'es déjà. Tu sais bien comment… Mais qu'est-ce que tu fais ?

Elle laissa échapper un couinement d'indignation alors qu'il se laissait tomber lourdement sur le lit et commençait à ôter ses chaussures.

— Tu es en train de te déshabiller ?

— Ça te pose aussi un problème ?

Il s'immobilisa et leva les yeux vers elle, s'attardant sur sa bouche.

— Tu préférerais qu'on reprenne là où on s'est arrêtés ?

Elle inspira, avant de secouer énergiquement la tête.

— Absolument pas.

Dans ce satin brillant, elle était aussi tentante qu'un bonbon, mais il y avait d'autres façons de satisfaire une envie de sucrerie.

— Alors on est deux.

Il tira avec énervement sur son nœud papillon. Il était cuit, et pas seulement à cause de l'alcool. À cet instant, il voulait simplement que cette nuit – ou cette journée, vu l'heure – se termine.

— Je pense que nous avons fait le tour, non ? lâcha-t-il d'un ton détaché qu'il était loin de ressentir.

Elle lui décocha l'un de ses petits sourires acérés.

— Il n'y a pas de « nous », Votre Grâce.

— Si cela te fait du bien de le répéter, mais cela ne rend pas la chose plus vraie.

Un sourire narquois flotta sur ses lèvres.

— J'ai peut-être initié le baiser, mais si mes souvenirs

sont bons, tu n'es pas restée de marbre quand nous nous sommes embrassés. En fait, je dirais même que tu menais la danse.

— C'est plus fort que toi, pas vrai ? Un type bien ne se montrerait jamais aussi goujat, mais je suppose que ça ne devrait pas me surprendre.

Il plissa les yeux.

— Si tu veux parler de bonnes manières, on peut parler de toi qui t'es volatilisée sans un mot ?

— Il n'y avait rien à dire, protesta-t-elle. Cela n'aurait pas dû arriver. C'était une erreur.

— Je ne te le fais pas dire. Et je compte bien l'oublier très vite. Maintenant, si ça ne te gêne pas, je vais m'arrêter là et aller dormir.

— Dormir ?

Quoi encore ? Qu'est-ce qu'il avait dit de mal ? Elle le regardait comme si deux cornes venaient de lui pousser sur le front.

— Non, tu ne vas pas dormir, Louis, dit-elle d'un ton ferme où perçait la panique. Il faut que je sorte d'ici avant.

— À ta guise. Je ne te retiens pas. En fait, je vais même t'aider.

Il se releva d'un bond et lui attrapa le bras, la prenant au dépourvu, et la traîna à travers la chambre.

— Lâche-moi.

Elle n'avait pas initié ce qui était arrivé, mais elle en avait eu envie. Louis avait raison. Elle le désirait.

Mais cela ne changeait rien. Elle était la même fille qui avait été avec Nathan.

Elle recula d'un pas et croisa les bras sur son ventre, sur la défensive.

— Je ne vais nulle part.

Il fronça les sourcils et leva les bras en signe de capitulation.

— Là, j'ai ma dose. Retourne dans ta chambre, Santa.

Il recula, le visage indéchiffrable.

— Inutile de dire au revoir. Tu peux profiter de ce que j'ai le dos tourné pour filer en douce. Tu es très bonne à ce petit jeu, pas vrai ?

— Je ne peux pas retourner dans ma chambre. Je n'en ai pas, dit-elle, à cran. Je ne suis pas une cliente de l'hôtel. Je loge avec une amie. Dans le centre.

Il y eut un long silence.

— Tu me fais marcher ?

Il effaça la distance entre eux en trois pas et se planta devant elle. Un muscle tressautait à l'angle de sa mâchoire.

— C'est pour ça que tu n'as pas appelé la réception ?

— J'avais un carton d'invitation pour le gala.

— Mais pas de chambre ici.

Elle se redressa avec aplomb, les épaules crispées.

— Non, je n'en ai pas. C'est pour ça que j'ai besoin d'aide pour rentrer au chalet.

— Alors appelle ton amie…

Il s'interrompit, l'interrogeant du regard.

— Merry, finit-elle par dire du bout des lèvres.

— C'est son prénom ? Sérieusement ? dit-il en levant un sourcil. D'accord… Alors appelle Merry, ou l'un des petits lutins du Père Noël, pour qu'elle vienne te sortir de là.

Santa sentit son ventre se contracter. Elle n'avait aucune intention de l'appeler. Ce n'était pas juste de l'impliquer dans ce désastre qui était de son fait. Surtout quand ce désastre se passait au Haensli, son lieu de travail.

Elle se rembrunit.

— Je ne peux pas. C'est pour ça que j'ai besoin de ton aide.

Il la dévisagea un instant, avec incrédulité, avant d'éclater de rire.

— Qu'est-ce qui est si drôle ? demanda-t-elle d'un ton pincé.

— Tu ne peux pas être sérieuse, non ? Pourquoi diable est-ce que je t'aiderais ?

La panique et le chaos émotionnel des dernières heures laissèrent momentanément la place à la colère. Elle s'avança vers lui et lui martela le torse de son index.

— Parce que c'est ta faute si je suis ici. Et parce que si on me voit sortir de ta suite habillée comme ça, on va penser que j'ai passé la nuit…

— Avec moi, dit-il, terminant sa phrase.

— Oui, avec toi. Tu te fiches peut-être de ta réputation, mais pas moi. Si je m'en souviens bien, tu m'as embrassée dans une pièce pleine de monde sans penser aux conséquences, alors tu peux m'aider, tu me dois bien ça.

— Et qu'est-ce que tu attends de moi exactement ?

— J'ai seulement besoin d'autres vêtements. Peut-être aussi de chaussures.

— Super idée pour ne pas attirer l'attention ! grogna-t-il.

Dit comme ça, cela semblait ridicule… mais ce n'était pas comme si elle avait un plan B.

— Tu as une autre idée peut-être ?

— Assez, OK ? la coupa-t-il, le regard sombre, en se dirigeant vers la porte d'entrée. Il n'y a qu'une seule façon de descendre sans être vu. L'escalier de secours, sur le côté de l'hôtel. En passant par là, tu évites la réception.

Comment n'y avait-elle pas pensé ? Elle le dévisagea, surprise et déstabilisée, plus qu'elle ne l'aurait cru à l'idée de le voir pour la dernière fois.

— Je croyais que tu étais pressée ?

Elle releva la tête comme s'il venait de la pincer.

— C'est le cas, dit-elle d'un ton sec en s'avançant vers lui.

Il ouvrit la porte et fronça soudain les yeux en percevant sa nervosité.

— Écoute, Santa, c'est de la folie de faire tout ça, seulement parce que tu t'inquiètes de ce que l'on va penser de toi.

— Tu crois ? dit-elle d'un ton raide.

Il acquiesça tout en portant son regard sur ses talons rouges.

— Tu vas te rompre le cou en essayant de descendre l'escalier avec ça aux pieds.

Louis avait encore vu juste, songea-t-elle dix minutes plus tard, alors qu'elle parvenait au bas de l'escalier : talons aiguilles et neige glacée ne faisaient pas bon ménage.

— Je peux me débrouiller maintenant, dit-elle en se frottant le bras.

Après la chaleur de l'hôtel, le froid lui parut coupant, et elle n'était pas habillée pour affronter la neige. Il lui fallait néanmoins rejoindre le chalet. Elle se redressa, frissonnant, et fit un pas hésitant.

— C'est bien. À ce rythme, tu devrais y être pour le déjeuner.

Ignorant son sarcasme, elle avança encore d'un pas et laissa échapper un hoquet en sentant le sol se dérober sous ses pieds.

Louis la rattrapa d'une main pour l'empêcher de tomber. Elle tressaillit comme si elle s'était brûlée et se dégagea, manquant à nouveau perdre l'équilibre.

Il jura à voix basse.

— Tu es la femme la plus butée que je connaisse. Prends mon bras. En fait, prends ça aussi, dit-il en retirant sa veste.

Il la lui posa sur les épaules en marmonnant. Elle l'enfila, enveloppée soudain de sa chaleur et de son odeur épicée, étourdie, en imaginant le corps chaud de Louis sur elle. Près d'elle. En elle.

Ils marchèrent avec précaution sur le trottoir couvert de neige, chacun plongé dans ses pensées.

— Eh bien voilà ! finit-elle par dire en levant les yeux vers le chalet.

Elle constata avec soulagement qu'il était plongé dans le noir. Elle avait réussi à rentrer sans avoir à déranger Merry.

Elle ôta sa veste et la lui tendit. Sa peau se couvrit de chair de poule, et elle frissonna, se sentant soudain démunie, comme si elle venait de perdre quelque chose d'important et de personnel.

— Merci de m'avoir raccompagnée, s'empressa-t-elle de dire.

Ils se regardèrent, les yeux dans les yeux, leur souffle formant des volutes blanches dans l'air froid. Il tendit soudain la main et effleura le lobe de son oreille.

— Tu n'as pas reçu le petit sac qui a été distribué aux invités, alors c'est mon cadeau de Noël, dit-il d'une voix radoucie. N'en parle à personne. Il en va de ma réputation de mauvais garçon.

Le cœur battant la chamade, elle le regarda tourner les talons et redescendre la rue, d'un pas mesuré.

Elle ouvrit la porte et poussa un soupir d'aise en sentant la chaleur du chalet la pénétrer. Elle s'empressa d'enlever ses chaussures et de se faufiler dans sa chambre. Elle se déshabilla rapidement et se glissa sous les couvertures, écrasée de fatigue.

Pourtant, elle resta éveillée, les yeux grands ouverts.

Habituellement, quand le sommeil se faisait désirer, elle visualisait son programme, en décomposant chaque mouvement. Seulement ce jour-là, sa tête refusait de coopérer. C'était incompréhensible, mais tout ce qu'elle pouvait visualiser c'était les yeux bleus pénétrants de

Louis posés sur elle alors qu'il faisait courir les doigts sur son corps nu.

Qu'est-ce que… ?

Louis se retourna et attrapa un oreiller pour le presser contre sa tête afin d'étouffer le bruit. Qui appelait sa chambre ?

Il avait l'impression d'avoir un marteau piqueur dans la tête. Il serra les dents, attendant que la sonnerie cesse.

Alléluia !

Alors que le silence s'abattait sur la pièce, il se redressa pour attraper le fil du téléphone fixe et l'arracher de la prise du mur, avant de se laisser retomber sur son oreiller avec un grognement.

Complètement réveillé…

Il garda néanmoins les yeux fermés, pas encore prêt à affronter le monde.

Pourquoi lui paraissait-il soudain terne et sans relief ? Rien n'avait changé pourtant.

Il était toujours duc d'Astbury. Il était toujours le directeur général d'une maison de joaillerie internationale.

Il fronça les sourcils, les yeux fixés au plafond. Pourquoi ressentait-il ça ? Il n'avait jamais été aussi proche d'atteindre son but après ce coup publicitaire qu'il avait géré d'une main de maître. Ses priorités n'avaient pas changé… Si ?

Elles n'ont pas changé, songea-t-il avec irritation. *J'ai été distrait, plutôt.*

Santa lui avait tourné la tête.

Il se redressa en grimaçant, puis balança les pieds hors du lit. En général, quand il voulait passer du bon temps avec une femme, il ne se posait pas dix mille questions. C'était « Quand ? », « Où ? » et « Combien de temps ? »

Santa lui avait clairement fait comprendre que ce serait, dans l'ordre, « Jamais », « Nulle part » et « Laisse tomber. »

Pourquoi avait-elle paru si paniquée à l'idée d'être vue en sa compagnie ?

Était-elle à ce point inquiète pour son image ? Pourquoi avait-elle si peur du scandale ? Avait-elle un homme dans sa vie ? Un amoureux transi qui l'attendait en coulisse ?

L'idée de Santa dans les bras d'un homme, avec les mains posées sur son torse, lui fit l'effet d'un coup de poignard.

Mais qu'est-ce qu'il en avait à faire de sa vie sexuelle ? Elle n'était rien pour lui.

Une fois qu'il aurait quitté Klosters, il oublierait tout de Santa Somerville. Ses longues jambes, ses beaux cheveux bruns, sa bouche attirante…

Il se leva, le sang soudain en ébullition, et retira sa chemise froissée. Il s'était effondré sur le lit en rentrant sans prendre la peine de se déshabiller. C'était peut-être pour ça qu'il avait une humeur de chien… Tant qu'il ne se serait pas changé, dans sa tête, il resterait dans cet espace-temps.

Il n'y avait rien qu'une douche, un petit déjeuner, puis quelques descentes ne pourraient arranger.

En sortant de la salle de bains une dizaine de minutes plus tard, il se sentait d'attaque. Des œufs Bénédicte et du café, et il serait prêt à se lancer sur la piste noire qui descendait jusqu'au village de Wolfgang.

Il allait appeler le service en chambre quand il se souvint qu'il avait éteint son portable la nuit précédente. Nick devait tourner comme un lion en cage, en attente de nouvelles.

Devrait-il l'appeler ?

Il n'avait pas envie de gâcher son petit déjeuner. Mais, minute… Il esquissa un sourire. Il s'était comporté comme un hôte modèle, et toutes les femmes présentes à la soirée étaient reparties avec des puces d'oreilles Callière.

Pour une fois que Nick allait chanter ses louanges, il n'allait pas bouder son plaisir.

Il ralluma son téléphone et trouva vingt textos. Dix-neuf de Nick. Un de Donald Muir, le plus vieux jeu de ses actionnaires. La nouvelle de son succès avait vite circulé.

La sonnerie retentit, et il décrocha sans hésiter.

— Nick ! Comment vas-tu en cette belle matinée ?

Il s'allongea sur le lit et activa le mode haut-parleur. Ça méritait d'être entendu haut et fort.

— Comment crois-tu que je vais ?

— Bien, je suppose, dit-il lentement, dérouté par la tension dans la voix de Nick. Je pensais que tu serais content…

— Content ? Et de quoi devrais-je me réjouir, d'après toi, Louis ? demanda-t-il avant de lâcher un juron.

Louis se redressa, les sens en alerte. Il n'avait jamais entendu son directeur marketing jurer une seule fois durant toutes ses années.

— Tu le sais, j'ai été ton plus grand supporter, le seul. Je t'ai toujours trouvé des excuses et j'ai couvert tes arrières chaque fois que c'était nécessaire. Et c'est comme ça que tu me remercies ?

— De quoi est-ce que tu parles ?

— Je parle de ton aventure d'un soir avec la fille aux esquimaux.

— Santa ? dit-il en se levant lentement, le cœur battant de façon désordonnée.

— Oui, Santa Somerville. La patineuse. Bryson's Ices.

— Je sais qui c'est, Nick.

— J'espère bien, étant donné que tu as passé la nuit avec elle.

— Non, ce n'est pas…

— Économise ta salive pour quelqu'un qui ne te connaît pas, le coupa Nick.

Il perçut la colère de son directeur marketing à l'autre bout de la ligne.

— Comment as-tu pu être si stupide ? Qu'est-ce qui t'a pris de coucher avec cette fille ? Et en plus au gala du Haensli. Il a fallu que tu choisisses cet événement entre tous.

— Je n'ai pas couché avec elle ! s'emporta-t-il. Ce n'est pas ce qui s'est passé.

— Tu ne l'as pas embrassée dans ta suite devant tout un tas d'invités ?

Louis sentit sa poitrine se serrer. Cette conversation ne prenait pas le tour attendu. En fait, ça partait complètement en vrille.

— C'était juste un baiser, Nick.

— Un baiser, rien d'autre ? Il n'y a pas eu de prolongation ? insista son directeur marketing.

— Non… enfin, si… mais ce n'est pas ce que tu penses.

— Tu ne saisis pas ! l'interrompit-il à nouveau. On s'en fiche de ce que je pense. On parle des actionnaires. Du public. Regarde les photos, Louis. Oh ! et pendant que tu y es, visionne aussi la vidéo.

La vidéo ?

Il sentit ses épaules se raidir.

Quelle vidéo ?

Il traversa la pièce jusqu'à son ordinateur portable, qu'il alluma. Il eut une brève hésitation avant de taper son propre nom dans la barre de recherche.

Son souffle se bloqua dans sa gorge.

Le duc de tous les risques

Au-dessous de ce titre s'affichait une photo de Santa qui se cramponnait à son bras en haut de l'escalier de secours.

Elle avait été prise avec un téléphone et pas par un paparazzi, mais elle était assez nette pour qu'on distingue bien leurs visages.

Il fit défiler la page, le sang pulsant dans ses veines.

D'autres photos avaient été prises dans l'escalier de secours, et dans la rue quand Santa avait enfilé sa veste. Ils apparaissaient proches, complices, bras dessus, bras dessous. Sur une, elle semblait même se blottir contre lui. Carrément intimes devant le chalet.

Il pourrait expliquer qu'il la tenait pour l'empêcher de tomber, mais qui le croirait ? Les apparences étaient trompeuses.

Il n'eut pas à chercher longtemps pour trouver la vidéo. Elle avait été prise lors de cette fameuse fête à Cannes, vu ses vêtements. Mais ce qu'il portait n'était pas le problème. C'était plutôt ce qu'il disait : « Je suis toujours amoureux. C'est pour ça que je ne me marie pas. »

Il s'inspirait d'une citation d'Oscar Wilde, mais c'était pour la galerie… Seulement, en réécoutant la vidéo à froid, il n'entendait que la fatuité dans sa voix et les éclats de rire des convives en arrière-fond.

Même à ses propres oreilles, c'était dérangeant.

Ça craignait même. Un accès de panique l'assaillit.

— Les actionnaires l'ont vue ?

La question était de pure forme. Il connaissait la réponse avant même que Nick le lui confirme. Donald Muir avait cherché à le joindre.

Il ravala un juron.

— Ils en pensent quoi ? demanda-t-il d'une voix atone.

— Ils ne comprennent pas pourquoi un homme à la tête d'une entreprise qui capitalise sur l'amour, le romantisme et le mariage fait ce genre de remarque en public.

— C'était une fête privée, Nick, et c'était il y a des mois.

Il y eut un silence sur la ligne, qui lui parut anormalement long.

— Ils veulent que tu démissionnes de ton poste de directeur général.

— Non ! Non, ils ne peuvent pas me demander ça. Et encore moins m'y obliger.

— Tu crois qu'ils vont se gêner ?

Nick marqua une pause, avant de reprendre d'une voix radoucie.

— Écoute, je sais à quel point Callière compte pour toi, mais tu es ingérable. C'est trop pour eux.

Louis sentit un poids lui comprimer la poitrine. Il voulait lui expliquer, lui dire qu'il se méprenait, qu'il n'y était pour rien. Que les regrets de ne pas avoir parlé à son père l'étouffaient et que sa mort avait déchaîné quelque chose en lui… une colère et une douleur qu'il ne contrôlait pas. Qu'il avait besoin de son aide et pas de son jugement. Mais c'était trop. Il ne pourrait jamais l'avouer, à personne.

— Il doit bien y avoir une façon de rattraper le coup.

— Tu sais quoi, Louis ? lâcha Nick dans un soupir. Tu en as assez dit et fait comme ça. Mets-toi aux abonnés absents, ne réponds que si c'est moi qui t'appelle. Ne quitte pas ta chambre. Ne cherche pas à entrer en contact avec Santa Somerville, sous aucun prétexte.

Le silence glissa sur la ligne, et Louis referma son ordinateur.

Santa Somerville. Tout était sa faute. Rien de tout ça ne serait arrivé si elle ne s'était pas enfuie, si elle ne s'était pas retrouvée coincée dans sa chambre d'hôtel, et si elle ne l'avait pas forcé à la raccompagner.

Son entreprise était le seul repère dans sa vie depuis dix ans. Depuis la mort de sa grand-mère, le besoin d'en être l'unique propriétaire était presque devenu une obsession. Il était sur le point d'y arriver.

Et maintenant, il était consigné dans sa chambre d'hôtel comme un sale gosse.

Une sensation de malaise s'insinua en lui. Il était déjà passé par là et à cette période, déjà, il avait été incapable de jouer le jeu et de rentrer dans le rang. Comment pouvait-on encore lui demander ça ?

Il ne pouvait pas rester assis là à attendre qu'on décide de son sort.

Croyaient-ils tous qu'il ne parlerait pas à Santa, juste parce qu'on le lui demandait ?

Il devait aller la voir.

Il se fichait de savoir comment elle allait s'y prendre, mais elle devait tout arranger.

5.

Santa leva les yeux vers le ciel bleu sans nuages et inspira profondément.

Elle s'était réveillée une demi-heure plus tôt seulement, choquée de découvrir qu'il était midi passé. Jamais, elle n'avait jamais fait une aussi longue grasse matinée. Elle n'avait pas vu Merry en se levant et avait supposé qu'elle devait encore dormir.

Elle n'avait pas frappé à sa porte. Elle s'était dit que son amie avait besoin de se reposer. À cette pensée, elle ressentit un pincement de culpabilité.

En réalité, elle avait juste eu besoin d'un peu de temps seule pour faire le point et décider de quelles parties de la soirée elle voulait lui parler. Elle s'était habillée, puis avait discrètement quitté le chalet, après lui avoir laissé un mot sur le comptoir de la cuisine pour la prévenir qu'elle allait marcher.

Une excellente idée parce que la journée était magnifique. L'air frais était vivifiant, et le soleil ressemblait à une boule de neige géante, surplombant la ville.

Elle sentit la chaleur envahir son visage.

Louis s'était immiscé dans ses rêves.

Collé contre elle, peau contre peau dans le petit canapé-lit, il avait attisé son désir et son excitation avec ses mains et sa bouche, la tourmentant sans relâche.

Un bruit de clochette la ramena dans le réel, et les joues

toujours échauffées elle regarda passer un traîneau tiré par deux chevaux gris qui trottaient dans la neige, tête haute.

Des plaques de neige se décrochèrent du toit d'un chalet et tombèrent au sol dans un bruit sourd.

Elle fronça les sourcils. Il avait dû neiger le matin, pourtant les trottoirs lui semblaient moins glissants à ce moment-là que quand elle s'était cramponnée au bras de Louis pour éviter de s'étaler, face contre terre.

Son cœur rata quelques battements.

Elle avait fait preuve d'un tel culot. Comment avait-elle osé lui demander – non, exigé – son aide ? Avec le recul, ce qui la surprenait plus encore c'est que Louis l'avait aidée bien au-delà de toutes ses attentes.

C'est vrai, une fois sortis de l'hôtel, il aurait pu la laisser se débrouiller. Mais il lui avait prêté sa veste et l'avait raccompagnée, s'assurant qu'elle ne chute pas, un peu à contrecœur au début, mais quand ils étaient arrivés devant le chalet, son humeur s'était améliorée, et son bras autour de sa taille lui avait paru complètement normal.

Évident. Parfait.

Tout comme leur baiser.

Elle reprit son souffle. Son corps avait répondu à ce contact de façon si spontanée, si passionnée, si débridée.

Cela avait été si authentique, si réel.

Sauf que c'était une illusion.

C'était arrivé, elle n'était pas dans le déni, mais cette fille passionnée… ce n'était pas vraiment elle.

La vraie Santa Somerville était désespérément maladroite et timide. Coincée. Elle déglutit péniblement, en proie au désarroi. Elle avait même une photo pour le prouver, c'était donc inutile de prétendre le contraire.

Ce n'était qu'un baiser, pas de quoi en faire tout un plat non plus. Il était tout simplement préférable pour elle d'oublier Louis et tout cet épisode.

Cela ne devrait pas être trop difficile. Ils évoluaient dans des mondes différents ; il n'y avait donc aucune raison qu'elle le recroise. Leur rencontre tenait d'ailleurs du miracle.

Elle leva les yeux. Que faisait-elle devant le Haensli ? Perdue dans ses pensées, elle ne s'était pas rendu compte que ses pas l'emmenaient là.

Elle remarqua l'attroupement de paparazzis devant l'entrée. Que faisaient-ils là ? Certains soufflaient dans leurs mains pour les réchauffer, d'autres discutaient avec animation. Ils devaient attendre une vedette, qui partait ou arrivait.

Elle se tourna, cherchant des yeux la boulangerie.

— La voilà… Santa !

Elle ne reconnut pas la voix, mais leva machinalement la tête en entendant son prénom. Elle n'eut pas le temps de cligner des yeux que les paparazzis se tournèrent vers elle comme un seul homme. Ils ne pouvaient pas être là pour elle… Pendant une fraction de seconde, son cerveau entra en conflit avec ses yeux, quand les photographes foncèrent soudain vers elle en criant son prénom.

Aveuglée par les flashs des appareils photo, elle eut l'impression d'avoir mis les pieds dans un film d'épouvante de série B où rien n'avait de sens.

Les cris et les questions fusèrent et s'entrechoquèrent dans un brouhaha qui l'empêchait d'en comprendre un traître mot.

Au secours !

Ce fut sa dernière pensée rationnelle, avant que la meute se jette sur elle et l'encercle. Elle essaya de se dégager de la cohue, mais les paparazzis étaient beaucoup trop nombreux.

Elle était sur le point de céder à la panique quand elle aperçut Louis, furieux, qui se frayait un passage à coups d'épaule dans la forêt d'appareils photo. Il parvint jusqu'à elle et lui attrapa la main, faisant barrage de son corps pour la protéger alors que les membres de la sécurité du Haensli s'interposaient soudain. En un éclair, elle se retrouva à l'intérieur de l'hôtel.

— Louis, qu'est-ce… ?

— Pas ici, gronda-t-il, en la traînant vers les ascenseurs du hall d'accueil.

Membres du personnel comme clients s'écartaient sur leur passage devant l'air peu engageant de Louis.

— Si, ici, dit-elle en tirant sur sa main pour se libérer.

Elle sentit l'irritation pulser dans ses veines alors que les portes se refermaient sur eux.

— À quoi rime tout ça ?

— À quoi rime tout ça ? répéta-t-il, incrédule. Tu n'en as vraiment pas la moindre idée ? Est-ce que tu as regardé ton téléphone, ce matin ?

Dehors, elle avait cru qu'il en avait contre les paparazzis, et même qu'il venait à son secours. À voir son regard sombre et ses lèvres serrées, elle n'en était plus si sûre.

Pourquoi serait-il remonté contre elle ? Et pourquoi lui parlait-il de son téléphone ?

Un mauvais pressentiment l'envahit quand ils sortirent de l'ascenseur et qu'il l'entraîna à grandes enjambées dans sa suite.

— Non, dit-elle, le cœur cognant contre ses côtes. Je l'ai glissé dans ma poche avant de sortir, sans regarder si j'avais des messages. Pourquoi ? Il s'est passé quelque chose ?

Il pivota vers elle, ses iris bleus irradiant comme des pierres précieuses.

— Pendant que tu dormais, ma belle, toi et moi on est devenus un couple.

— Je… je ne comprends pas, bredouilla-t-elle, la voix montant anormalement dans les aigus.

— Tu vas vite comprendre, lâcha-t-il en se saisissant de son ordinateur portable.

Elle posa la main sur le dossier d'une chaise pour se stabiliser, parcourue par un frisson d'angoisse.

— Est-ce que tu crois que j'ai parlé à quelqu'un de notre baiser ? Ce n'est pas le cas. Je n'en ai parlé à personne.

— Tu penses que c'est pour ça que les paparazzis campent devant le Haensli ? Pour un petit baiser de rien du tout ?

Ses doigts s'enfoncèrent dans le cuir du dossier.

— Mais il n'y a rien eu d'autre.

Il la regarda soudain comme si elle venait de lui avouer qu'elle croyait que l'abominable homme des neiges existait.

— Le baiser n'est pas le sujet, parce que je leur ai donné bien plus croustillant à se mettre sous la dent en acceptant de te raccompagner chez toi, ce matin, asséna-t-il d'un ton sec. Si tu ne me crois pas, jette un œil.

Louis tourna l'ordinateur dans sa direction. Elle regarda l'écran, et toutes ses pensées s'éparpillèrent.

Le décor alentour s'estompa dans un brouillard alors qu'elle faisait défiler les images sur l'écran.

La reine de glace fond pour le duc aux diamants !

Papa Noël… dépêche-toi de descendre mon escalier de secours !

La tête lui tourna, et une protestation inarticulée monta dans sa gorge. Son téléphone se mit à vibrer. Elle ouvrit machinalement le message et eut soudain la sensation d'être aspirée dans un gouffre sans fond…

Louis jura silencieusement en la voyant pâlir.

Entre le moment où il s'était habillé et où il avait appelé

l'ascenseur, il s'était calmé, assez en tout cas pour réaliser qu'il se comportait comme un naze en accusant Santa de tout.

Puis il s'était rassuré, en relativisant les propos de Nick. Après tout, un scoop chassait l'autre, et cette histoire montée en épingle serait oubliée le lendemain s'il faisait profil bas et ne l'alimentait pas.

Quand il avait vu la meute de paparazzis, il avait compris que ce ne serait pas aussi simple et qu'il allait encore porter le chapeau pour quelque chose qu'il n'avait pas fait.

Tout cela lui était si tragiquement familier. Il se retrouvait sur la trajectoire d'un camion fou, et l'impact était inévitable.

— Tu n'as donc aucune idée de ce que tu as fait ? Cela m'a pris dix ans, mais tout se mettait en place. J'étais à ça, fit-il avec son pouce et son index, de reprendre le pouvoir sur mes actionnaires. Et puis tu apparais, la bouche en cœur, avec tes cheveux ondulés, tes patins, et tu fais tout capoter. Maintenant ils veulent que je m'efface.

— Moi, j'ai tout fait capoter ? répéta-t-elle, la voix vibrante de colère. C'est toi. Tout est ta faute.

Elle leva son téléphone d'une main tremblante.

— Bryson est furieux. Il menace de mettre un terme à mon contrat.

Louis la regarda avec incrédulité. Son monde à lui était en train de s'écrouler, et elle, elle s'inquiétait pour son sponsor ?

Mais il y avait quelque chose dans sa voix… quelque chose dans sa façon de se tenir. On aurait dit qu'elle s'attendait que le ciel à tout moment lui tombe sur la tête. Et il n'aimait pas l'effet que cela lui faisait.

— Il ne le fera pas.

Pourquoi le ferait-il ? Il n'y avait aucune raison. Contrairement à lui, Santa avait une conduite exemplaire, sur la glace ou en dehors.

— Ça va aller, reprit-il.

Il ne pouvait pas s'empêcher de la rassurer.

— Ah oui ? En devenant l'ambassadrice de Bryson's Ices, je me suis engagée à ne pas porter atteinte à la marque par un comportement inapproprié, et tu n'es pas exactement ce que l'on appelle un modèle familial.

Il plissa les yeux, gagné par l'exaspération.

— Eh bien peut-être que tu aurais dû y penser avant de m'entraîner dans ton *walk of shame*, ce matin.

Elle serra les poings, la respiration saccadée.

— Tu sais très bien que ce n'était pas ça.

Colère et rancœur faisaient vibrer et crépiter l'air autour d'eux, et quelque chose d'autre semblait les pousser l'un vers l'autre. Le parfum de Santa flotta dans ses narines, et il ne vit plus que son pouls palpiter au creux de sa gorge.

Une sonnerie de téléphone déchira le silence, et ils reculèrent comme s'ils s'étaient brûlés.

Santa jeta un coup d'œil à son téléphone et se figea, manifestement atterrée. On aurait dit qu'elle tenait un serpent à sonnette.

— Qui est-ce ? demanda-t-il, les sourcils froncés.

— Diana. Mon agent.

Louis lui prit instinctivement son téléphone et l'éteignit.

— Qu'est-ce que tu fais ? s'écria-t-elle. Il faut que je la rappelle.

— Pour lui dire quoi ? répliqua-t-il avec un rictus. Qu'il ne s'est rien passé ?

Il pointa du doigt la photo sur l'écran d'ordinateur qui les montrait très proches et complices dans la rue enneigée et déserte.

— Que ce n'est pas ce qu'elle croit ? Que c'était en tout bien tout honneur ?

— C'était le cas.

Un bref instant, il se sentit désolé pour elle, en la voyant si pâle, au bord de la panique.

Il se souvenait encore de ce qu'il avait traversé après avoir rompu avec Marina, dix ans auparavant. Pendant des semaines et des mois, il avait été poursuivi, harcelé et traqué à travers la planète par la presse à scandale.

— Les gens se fichent bien de savoir si c'est la vérité ou pas, si tu es innocent ou pas. Tout ce qu'ils veulent, c'est une histoire qui fait vendre, lâcha-t-il à voix basse.

Il plongea son regard dans le sien.

— Et nous venons de leur en donner une.

— Mais il n'y a pas de « nous ».

— Manifestement, il y en a un, maintenant.

— Non ! Il faut simplement faire retirer ces photos et faire paraître un démenti.

— Ah ? Dis-moi, à qui peut-on demander ça ? Ces photos ont déjà été partagées des centaines de milliers de fois.

Même s'il réussissait à les faire retirer, ce dont il doutait, le mal était fait. Toutes les tentatives d'explication ne feraient qu'aggraver la situation.

Mais Santa n'était pas prête à l'entendre. Il pouvait presque voir les rouages de son cerveau s'activer alors qu'elle cherchait une porte de sortie. Elle se détourna brusquement, et il ressentit un pincement dans la poitrine.

— Santa…

Elle marqua un silence si long qu'il crut qu'elle ne voulait plus lui parler.

— J'ai besoin de sponsors, Louis, finit-elle par dire en se tournant vers lui, les yeux brillants. Je ne suis pas comme toi. Je ne suis pas née avec une cuillère en argent dans la bouche. J'ai besoin de contrats pour continuer les compétitions.

— Écoute-moi.

— Non, toi, écoute-moi, le coupa-t-elle. C'est à toi de régler ça. Dis ou fais ce qu'il faut, mais tous ces titres doivent disparaître.

— Oh ! mais bien sûr ! s'exclama-t-il en tapotant sa veste, comme s'il cherchait quelque chose. S'il n'y a que ça, je vais prendre ma baguette magique et utiliser mon sortilège spécial qui rétrécit les gros titres. Pendant que j'y suis, je peux aussi jeter un sort d'amnésie sur la Terre entière.

— Comme je regrette de t'avoir rencontré.

— Pareil ! rétorqua-t-il.

Il se frotta le front, sentant venir un mal de tête carabiné. Qu'attendait-elle de lui à la fin ? Comment voulait-elle qu'il fasse disparaître ces gros titres ? Il n'avait pas de machine à remonter le temps sous la main. La solution serait peut-être de devenir un vrai couple avec elle.

Les paroles de Nick quand il était arrivé à Klosters résonnèrent dans sa tête : « Je commence à en avoir marre d'essayer de convaincre la Terre entière que tu n'es qu'un homme éperdument romantique à la recherche de la femme de sa vie. »

Et si la solution était là ?

Il eut soudain une conscience aiguë de la présence de Santa devant lui. Était-il prêt à ça avec elle ? Il se croyait vacciné contre l'idée même de donner son nom à une femme…

Il caressa des yeux ses cheveux noués en queue-de-cheval, ses lèvres frémissantes, ses yeux bleus assombris par la colère. Malgré toutes les objections qui lui traversaient l'esprit, il savait au fond de lui que c'était la solution à leur problème.

— Tu veux que tout ça s'arrête…

— Exactement, répliqua-t-elle d'une voix claire en levant prudemment les yeux vers lui.

Il soutint son regard, ne voulant rien perdre de sa réaction.

— Tu le veux vraiment ?

— Oui, bien sûr ! Alors ?

Il prit une profonde inspiration, faisant taire ses derniers scrupules.

— Tu veux faire disparaître tous ces gros titres, Santa ? Alors, épouse-moi.

Santa le regarda, cherchant à donner du sens aux mots qu'il venait de prononcer.

L'épouser ?

Mais à quoi jouait-il ? Se moquait-il d'elle ? Voulait-il la punir pour ce qu'il considérait être sa faute ?

— Bonne idée, répliqua-t-elle d'une voix tendue. Pourquoi on ne s'envolerait pas pour Las Vegas ? Elvis nous marierait, et puis nous inviterions tous nos nouveaux amis paparazzis à une petite fête.

Il se rembrunit.

— Je croyais que le but de tout ça, c'était justement de nous en débarrasser !

Elle resta bouche bée. Littéralement. Il était sérieux ?

— Tu as perdu l'esprit ?

C'était absurde, une mauvaise idée à tous les niveaux.

— Je ne t'épouserais pas, même si ma vie en dépendait.

— Et pour ta réputation ?

— On ne peut pas se marier, dit-elle d'un ton ferme.

— Pourquoi pas ? Cela résoudrait instantanément nos problèmes. À moins, bien sûr, que tu ne sois déjà mariée.

— Je ne suis pas mariée, répondit-elle avec raideur.

— Un petit ami ?

— Je ne t'aurais pas embrassé si ça avait été le cas.

Une émotion fugace qu'elle n'identifia pas passa sur son visage.

— Ce n'est pas toujours un obstacle, dit-il d'une voix caressante.

— Pour quelqu'un comme toi, peut-être.

— Si tu le dis.

Il recula avec une froideur dans les yeux qui lui fit l'effet d'une douche froide.

— Très bien. Comme il semble qu'il n'y ait aucun obstacle légal à ce que moi, Louis Albemarle, je m'unisse à toi, Santa Somerville, par les liens du mariage, je propose que nous allions nous marier.

Elle le dévisagea, essayant sans y parvenir de déchiffrer son expression.

— Tu ne peux pas te servir du mariage parce que ça nous arrangerait !

— C'est bien mon intention pourtant, dit-il en haussant les épaules.

Sa tête se mit à tourner.

— Eh bien, moi, je ne suis pas prête à ça. Ce serait malhonnête.

— Ce serait aussi très efficace, et nous serions tous les deux gagnants. Et puis ce n'est pas comme si c'était « jusqu'à ce que la mort nous sépare ». On aura de la chance si nous passons un mois sans nous entre-tuer.

Et sans nous embrasser ?

Partager le lit de cet homme, explorer son corps avec les mains, la bouche.

Elle se ressaisit aussitôt.

— On ne se marie pas que pour échapper aux paparazzis et à la pression médiatique, Louis.

— Les gens se marient pour toutes sortes de raisons, Santa. Par amour, bien sûr… Mais aussi pour l'argent, par sens du devoir, parce que ça les arrange. Et qu'est-ce qui pourrait mieux nous arranger que de remettre nos vies sur les rails ?

Une petite lueur dansait dans ses yeux bleus, comme un défi. Elle sentit son souffle se coincer dans ses poumons, et son cœur manqua un battement. C'était de la folie. Cela ne marcherait jamais. Mais y avait-il une autre solution ? Elle pourrait rallumer son portable et appeler Diana pour lui dire la vérité… Sauf que la vérité semblait plus tirée par les cheveux que le mensonge.

— Je ne sais pas…, dit-elle, après un moment, la gorge serrée.

— Tu as une meilleure idée ?

Il la fixait, l'interrogeant du regard. La lumière de l'après-midi jouait sur son visage légèrement hâlé, sur ses pommettes hautes.

De près, sa beauté était presque scandaleuse et dangereuse. Mais pas autant que sa proposition.

Elle frissonna intérieurement et fit non de la tête.

6.

L'hélicoptère vira abruptement, avant de s'élever au-dessus des reliefs canadiens enneigés. Santa remua sur son siège, les mains crispées sur les accoudoirs, un nœud au creux de l'estomac. Sa nervosité n'avait rien à voir avec le vol et les turbulences.

En quarante-huit heures, entre le moment où elle avait dit non à Louis et maintenant, elle s'était mariée et était devenue Santa Albemarle, duchesse d'Astbury.

Elle tourna distraitement l'alliance toute simple autour de son annulaire, jetant des coups d'œil sur le côté, vers son mari apparemment endormi.

Elle le soupçonnait fortement de faire semblant pour ne pas avoir à lui parler.

C'était comme ça depuis qu'ils avaient décidé de se marier et quitté la Suisse.

Tout s'était enchaîné si vite. Un jet privé avait surgi de nulle part et les avait emmenés à Las Vegas. Ils avaient à peine décollé qu'ils s'étaient isolés pour passer leurs coups de fil. Louis avait appelé son directeur marketing et un de ses actionnaires. De son côté, elle avait appelé son agent et sa famille.

La nouvelle avait laissé Diana pantoise, et il aurait fallu qu'elle soit sourde pour ne pas entendre la perplexité dans les voix de son père et de sa belle-mère.

En revanche, M. Bryson avait adoré cette histoire de coup de foudre…

Et maintenant, ils se rendaient chez Louis, près de Banff, pour leur lune de miel.

Leur lune de miel.

Son souffle se coinça dans sa gorge, et elle sentit la panique enfler dans sa poitrine tandis que ces mots résonnaient dans sa boîte crânienne. Louis ouvrit soudain les yeux, et jeta un coup d'œil par la vitre alors que l'hélicoptère entamait sa descente.

— On est arrivés, lâcha-t-il au moment où l'appareil se posait sur la neige.

Il ouvrit aussitôt la porte et l'entraîna dans la neige, la tirant presque derrière lui. À l'intérieur de sa magnifique maison d'architecte, une femme aux cheveux noirs, grande et élancée, attendait dans le hall d'entrée lumineux où se trouvait un sapin de Noël, décoré dans un style chic et épuré avec des guirlandes de pommes de pin miniatures et des lumières blanches.

— Bon retour parmi nous, Votre Grâce, dit-elle avant de se tourner vers Santa avec un sourire. Bienvenue à Palmer's Point.

— Maggie, je vous présente ma magnifique épouse, Santa.

Louis se tourna vers elle, et elle sentit son estomac se retourner. C'était la première fois depuis le mariage qu'il la regardait vraiment, et elle avait oublié la sensation d'être sous le feu de ses yeux bleus.

Pendant un bref instant, elle l'imagina se rapprocher d'elle, incliner la tête, et à l'idée de ses lèvres sur les siennes, un frisson d'impatience et d'excitation la traversa, et elle n'entendit pas la réponse de Maggie.

Son cœur manqua un battement. Comment est-ce que tout cela avait pu arriver ?

Que faisait-elle ici, dans cette maison, avec cet homme ? Ce n'était peut-être que pour une année, mais à cet instant cela lui semblait une année de trop.

— Santa, voici Maggie. Maggie s'occupe de la maison pour moi, poursuivit Louis. Adresse-toi à elle si tu as besoin de quoi que ce soit. Que dirais-tu de visiter les lieux ?

Non, elle avait seulement besoin de se retrouver un peu seule, loin de Louis, pour digérer la réalité de ce qu'elle venait d'accepter.

Elle s'éclaircit la voix.

— En fait, j'aimerais vraiment me rafraîchir pour commencer. Peut-être que tu pourrais me montrer ma chambre.

— Notre chambre, tu veux dire, rectifia-t-il doucement.

Ses yeux s'accrochèrent aux siens quelques instants, puis il reporta son attention sur son employée de maison.

— Merci, Maggie. Je vais m'en occuper.

Il attrapa Santa par la main et l'entraîna dans le large escalier.

— À quoi est-ce que tu joues ? dit-il à voix basse en s'arrêtant sur le palier.

— Je ne joue pas, s'indigna-t-elle, en essayant de se libérer.

Il lui lâcha la main, ce qui ne fit aucune différence. Elle avait encore la sensation de ses doigts sur sa peau, comme s'il lui avait laissé une marque permanente.

— Vraiment ? Parce que tu sembles un peu perdue, dit-il, les sourcils froncés.

— Absolument pas, répliqua-t-elle, frondeuse.

— Alors c'est quoi cette histoire de chambre ?

— Qu'est-ce que tu crois ? Que je vais partager ta chambre ? Ton lit ?

Sa voix se cassait, elle criait presque, et elle avait conscience qu'elle devait paraître un peu perchée, mais elle s'en fichait. Elle avait besoin de garder une distance avec Louis. Il ne devait pas se rendre compte de l'effet qu'il lui faisait.

— C'est généralement ce que les maris et les femmes font.

— Pas les maris et les femmes comme nous, Louis. Nous ne sommes pas un vrai couple.

Elle leva le menton, le défiant du regard.

— Ce qui signifie que nous allons jouer au couple marié seulement en public. En privé, j'ai ma propre chambre. Alors, soit tu me montres où je vais m'installer, soit je demande à Maggie. À vous de choisir, Votre Grâce !

Louis fronça les sourcils, la mine renfrognée, avant de jurer tout bas et de laisser partir la tête en arrière, contre le repose-tête de son fauteuil ergonomique.

Il devrait être satisfait.

Nick avait pratiquement pleuré de joie quand il lui avait annoncé qu'il se mariait. L'actionnaire Donald Muir avait même fait affréter un jet privé pour transporter « l'heureux couple » à Las Vegas.

Quant à la presse people, elle avait effectué un virage à 180°. Après dix années où elle l'avait fait passer pour un aristocrate volage et amoral, il était soudain devenu un Roméo éperdu d'amour qui venait de trouver sa Juliette.

Son alliance accrocha son regard. Oui, l'euphorie était plus ou moins générale.

Alors que faisait-il enfermé dans son bureau à étudier des relevés géologiques pendant ce qui devrait être sa lune de miel ? Et s'il était allé trop loin ?

Peut-être aurait-il dû affronter le scandale comme il l'avait toujours fait. Probablement l'aurait-il fait s'il n'en avait tenu qu'à lui, mais cela aurait été jeter Santa en pâture aux fauves.

Son regard accrocha le cadre photo posé sur son bureau. Après la mort de sa grand-mère, il avait trouvé de nombreuses photos d'elle à Dower House, mais celle-là était sa préférée parce qu'il voyait dans ses yeux l'amour farouche qu'elle lui portait. À la pensée de cette femme, belle, au caractère bien trempé, il sentit sa gorge se serrer et referma son ordinateur portable.

Il se dirigea vers la fenêtre et laissa son regard dériver du ciel dégagé aux immenses sapins blancs et au lac dont les limites se confondaient avec l'horizon.

Il vivait ici depuis presque dix ans, et son émerveillement restait intact devant les immensités et la neige. D'une pureté incroyable ici dans le Grand Nord canadien.

Il ne pouvait pas en dire autant de ses pensées qui devenaient totalement indécentes quand il était proche de Santa.

Il ne se passerait rien entre eux, mais il ne faisait rien de mal en fantasmant sur le corps de sa femme.

Ma femme…

Sur le coup, épouser Santa lui avait paru être une idée brillante.

Efficace et bénéfique, en fait.

Et les bénéfices d'un mariage avec Santa, il les cherchait depuis qu'ils étaient sortis de la chapelle. Il avait à peine vu sa femme depuis la veille. Elle l'avait rejoint pour dîner, avant de se retirer très tôt dans sa chambre, prétextant qu'elle était fatiguée. Et ce matin-là, au petit déjeuner, elle lui avait opposé un silence qui aurait impressionné tout un ordre de moines trappistes.

C'était pareil pour le vœu de célibat qu'il n'avait pas eu conscience de signer… La question du couchage n'avait pas été leur priorité à Klosters.

Avait-il cru qu'ils dormiraient ensemble ?

Probablement, oui.

Et Santa ?

Manifestement pas.

C'était exaspérant aussi parce qu'elle en avait eu autant – si ce n'est plus – envie que lui.

Alors comment pouvait-elle être si près de s'abandonner à l'attraction irrésistible qui les poussait l'un vers l'autre et l'instant d'après l'accuser de se faire des films ?

Il n'imaginait rien et, de toute façon, cela ne changeait rien au fait qu'ils allaient devoir vivre ensemble et s'en accommoder.

Donc moins de temps il passerait avec elle, mieux ce serait !

Son regard accrocha un éclat de couleur en bordure du lac. Du rose vif qui tranchait autant dans le décor hivernal qu'un flamant rose.

Santa.

Il plissa les yeux, ajustant sa vision, et la vit patiner en arrière, genoux pliés, buste droit, puis prendre dc la vitesse et tourner sur elle-même en exécutant un triple axel, avant de se recevoir avec grâce sur la glace.

Sérieusement ?

Il ne devrait pas être surpris de la voir sur le lac gelé. Le patinage était toute sa vie. C'était la seule raison pour laquelle elle avait accepté de l'épouser. Mais comment pouvait-elle agir comme si tout était normal, faire ses satanées pirouettes, comme si de rien n'était, alors que dans sa tête c'était le chaos ?

Elle croyait qu'elle pouvait l'ignorer ? On allait voir ça !

Il lui fallut moins de dix minutes pour enfiler bottes et veste, et la rejoindre à grandes enjambées. Il s'arrêta au bord du lac gelé qui scintillait sous un pâle soleil, se positionnant entre deux épicéas couverts de neige, et regarda Santa enchaîner une série de sauts et de pirouettes, tiraillé entre admiration et rancœur. Elle faisait si facilement abstraction des événements des derniers jours. De lui.

Elle s'immobilisa brusquement dans une gerbe de glace. Il remarqua soudain les deux petits-fils de sa gouvernante, Taylor et Ryan, qui patinaient dans son sillage.

Il les observa tandis que Santa les entraînait dans un jeu de poursuite sur le lac. L'air frais vibrait de leurs éclats de rire, et son cœur se mit à cogner. Il ne l'avait jamais vue si insouciante, si heureuse, et il aurait jalousement voulu que son sourire ne fût rien que pour lui.

Elle se tourna soudain dans sa direction, comme si elle avait entendu ses pensées, et son sourire se figea.

Les deux jeunes garçons l'interpellèrent de loin avant de s'élancer sur la glace dans sa direction, le visage rougi par l'excitation et la fierté. Santa les suivit plus lentement. Il croisa son regard et reporta son attention sur les deux garçons.

— La session de patinage est terminée, les gars.

Il força sur sa voix pour se faire entendre par-dessus les protestations.

— Je veux passer un peu de temps seul avec ma femme.

Ils enlevèrent leurs patins en silence et enfilèrent leurs bottes, avant de s'éloigner, s'arrêtant par instants pour se jeter des boules de neige.

— Je me suis dit que tu voulais être secourue, finit-il par lâcher alors que Santa s'écartait à son tour du lac. Ils peuvent abuser, parfois.

— Je veux être secourue, répliqua-t-elle. Mais pas de Taylor et de Ryan.

Ils se défièrent un bref instant du regard.

— Je me contenterais d'un simple merci… Sans moi, tu aurais perdu ton sponsor. Ton avenir. Tes rêves.

— Sans toi, je ne me serais pas retrouvée dans cette position. Alors avant que je te remercie, peut-être devrais-tu t'excuser.

Quelle enquiquineuse !

Il la revit avec les paparazzis, aussi tétanisée qu'une biche encerclée par une meute de chiens de chasse, et il lui fallait bien admettre sa part de responsabilité.

Cela faisait longtemps qu'il ne s'était plus excusé. La dernière fois qu'il l'avait fait restait gravée dans sa mémoire au fer rouge.

Sa gorge se serra. Il n'avait rien oublié de ce que ses parents lui avaient dit. Pour sa mère, c'était particulièrement facile puisqu'elle était restée silencieuse.

Il s'était tourné vers eux, mettant son amour-propre de côté. Tout ça pour rien puisqu'il n'avait pas eu leur soutien et qu'il avait tout perdu.

Il voulut soudain échapper au regard pénétrant de sa femme qui lui donnait l'impression qu'elle avait un accès direct à ses pensées, à cette tension qui s'accumulait dans son torse.

— Je ne voulais rien de tout ça, Santa, mais nous sommes mariés, et tu as accepté cet arrangement.

— Seulement parce que tu ne m'as pas laissé le temps d'y réfléchir.

— Oh ! je vois… C'est vrai que tu avais beaucoup d'autres options, répliqua-t-il.

Elle leva le menton, le défiant du regard.

— Tu me poussais, et j'ai paniqué. J'ai cru que j'allais tout perdre.

— Parce que tu crois que je ne ressentais pas la même chose ? J'ai donné le nom de ma grand-mère à mon entreprise. Callière est aussi important pour moi que le patinage l'est pour toi.

Il ravala sa colère, son sang-froid ne tenant plus qu'à un fil.

— Je sais que ça ne va pas être simple, Santa. Mais si on ne prend pas sur nous et qu'on ne fait pas preuve d'un peu de civilité, on va se rendre la vie infernale.

Il tourna soudain les talons sans lui laisser la possibilité de répliquer et de le prendre de haut, et reprit la direction de la maison, sentant la brûlure de son regard dans son dos.

Silencieuse, Santa le regarda s'éloigner.

Civilité ?

C'était à mourir de rire. Louis était un aristocrate, mais il était probablement la personne la moins civilisée qu'elle ait rencontrée.

Alors comment pouvait-il l'accuser de rendre les choses plus difficiles ? C'était quand même lui qui avait fait semblant de dormir pendant tout le vol pour ne pas avoir à lui parler. En même temps, il avait trouvé une solution à leur problème. Et surtout, elle avait accepté de se marier avec lui.

Elle se baissa pour défaire ses patins.

Avait-elle eu le choix ? C'était soit épouser Louis, soit risquer de perdre tout ce pour quoi elle avait travaillé dur. Il n'était pas seulement question d'elle. Son père et Kate avaient fait beaucoup de sacrifices pour lui permettre de réaliser son rêve.

Louis ne lui avait rien imposé, et elle avait librement accepté de l'épouser. Il était temps pour elle d'assumer pleinement sa décision. Elle refusait de passer l'année à venir à jouer à la victime.

Ses doigts se crispèrent sur ses lacets.

Elle avait déjà donné, merci.

Elle ne voulait plus jamais se sentir aussi passive et impuissante. Cela avait été le pire dans ce qui lui était arrivé avec Nathan. Pire que les noms dont il l'avait traitée. Pire même que de savoir que tout le monde parlait d'elle.

Elle avait été sous le choc, blessée et paralysée par la honte. Tout ce qu'elle avait voulu, c'était se terrer dans son lit le temps de panser ses blessures.

Mais elle ne pouvait pas se cacher de Louis pendant un an.

Elle se redressa et tourna le regard vers la maison. Elle n'en avait même aucune envie.

Quand il avait évoqué sa grand-mère, elle avait perçu l'émotion dans sa voix. Il était évident que Callière était plus qu'une entreprise pour lui.

C'était un héritage.

Elle comprenait ça mieux que personne. Elle avait fait siens les rêves de sa mère, et ils n'en étaient que plus importants. Ce sens des responsabilités était sans doute encore plus prégnant quand on appartenait à une vieille famille de l'aristocratie, qu'on était le gardien d'une histoire.

Louis et elle avaient plus en commun qu'elle ne l'avait supposé, et ils avaient tout intérêt à faire fonctionner ce mariage. Ils devaient arrêter avec les joutes verbales quand ils étaient ensemble.

Elle jeta un nouveau coup d'œil à sa montre.

Quel meilleur moment que le déjeuner pour discuter d'une trêve avec Louis ?

Elle venait de s'asseoir avec Louis et s'apprêtait à lui parler quand Maggie apparut pour le prévenir que Bob Arnett était en ligne et qu'il y avait eu un accident dans la mine.

Elle le regarda quitter la table précipitamment, à la fois surprise et interdite. À Klosters, quand il avait évoqué ses actionnaires et son poste de P-DG à la tête de Callière, elle ne l'avait pas vraiment pris au sérieux. Elle n'avait pas pris la mesure de son investissement et de son rôle actif au sein de l'entreprise.

Il dégageait une telle force, une telle autorité quand il était sorti de la pièce… Et depuis que Maggie était revenue lui dire qu'il ne pouvait pas la rejoindre et qu'il lui présentait ses excuses, elle ne cessait de se dire qu'elle était passée à côté du principal.

Son entreprise comptait-elle à ce point ? L'avait-elle jugé un peu trop vite ?

Ces questions lui tournaient toujours dans la tête lorsqu'elle descendit pour le dîner. Elle s'attendait qu'il soit encore enfermé dans son bureau, mais en entrant dans la salle à manger elle l'aperçut devant la fenêtre, le regard perdu dans le vide.

Il se retourna à son entrée, et l'observa sous ses cils, ses yeux passant lentement de son visage à son haut ruché blanc puis à son jean bleu sombre, avant de revenir sur ses lèvres. Il s'était changé lui aussi et portait un pantalon gris anthracite et un pull beige au col rond qui mettait en valeur sa carrure.

Elle ressentit une bouffée d'irritation alors qu'il avançait vers elle. Ou de désir…

Sa peau se couvrit de chair de poule.

— Désolé pour le déjeuner, lâcha-t-il, laconique.

— Pas de souci. Est-ce que tout va bien ?

— Maintenant, oui.

— Tant mieux, bredouilla-t-elle sous son regard pénétrant.

Un frisson courut le long de son dos quand il tira la chaise devant elle et qu'en s'asseyant elle sentit la chaleur de son corps l'effleurer.

Maggie avait préparé un délicieux poulet rôti servi avec des pommes de terre cuites au four et des échalotes confites. La panna cotta à la vanille, avec un caramel au miel et à l'orange, était une explosion de saveurs en bouche.

— Et si nous prenions le café dans le salon ? suggéra Louis en repoussant sa chaise. Maggie pourra débarrasser la table.

Santa s'installa sur l'immense canapé crème et promena le regard sur la pièce élégante, meublée dans un style contemporain. Elle se tournait vers la chaleur du feu de cheminée quand la gouvernante approcha avec le café.

— Si vous n'avez plus besoin de moi, Votre Grâce, je vais me retirer, dit cette dernière en posant le plateau. Bonne soirée.

— Merci, Maggie. À demain.

Louis avait peut-être ses défauts, mais il savait choisir son personnel. Toutes les personnes qu'elle avait rencontrées jusqu'ici s'étaient montrées courtoises, discrètes et particulièrement efficaces.

Elle esquissa une moue. Bien choisir son personnel devait être une des premières choses que l'on attendait d'un futur duc.

— Qu'ai-je encore fait de mal ?

Arrachée à ses pensées, Santa leva les yeux vers lui.

— Rien…, répondit-elle en marquant une hésitation. Je me faisais juste la réflexion que tu avais des gens adorables à ton service.

— Tu sembles surprise.

Elle rougit en l'entendant rire.

— Oh ! je vois ! Tu t'attendais que je me sois entouré de courtisans, dit-il en haussant un sourcil. Ou peut-être même d'un harem qui me passerait tous mes caprices et m'encouragerait dans mes vices. Désolé de te décevoir, encore une fois. Mais je ne cherche rien de tout ça. Je veux juste des personnes dignes de confiance, dit-il, le regard fixé sur les flammes qui dansaient en crépitant.

Des yeux, elle caressa son profil. Elle l'avait traité d'enfant pourri gâté, mais son visage n'avait rien d'enfantin. *Son corps non plus, d'ailleurs*, pensa-t-elle en promenant le regard sur ses épaules larges, son torse et ses jambes musclées.

— Dis-moi, Santa, reprit-il en se tournant vers elle. Tu n'as pas caché que tu me trouvais arrogant, tu m'as traité de fils à papa qui croit que tout lui est dû, mais en mettant de côté toutes les choses que tu n'aimes pas chez moi, y en a-t-il quand même une que tu aimes ?

Elle ne s'attendait pas à cette question, mais son ventre se contracta et son corps y répondit de façon instinctive, viscérale.

Oui, oui, oui.

Son sourire. Son visage. Ses yeux d'un bleu azur. Son assurance.

— Tu as une très jolie maison, lâcha-t-elle avec un détachement qu'elle était loin de ressentir.

Il lui décocha un de ses sourires dévastateurs qui lui donnaient des papillons dans le ventre. Elle en vint presque à regretter leur prise de bec : la colère était un parfait antidote.

Elle se ressaisit, se rappelant ce qu'elle avait décidé.

— Tu peux être bienveillant et raisonnable. Tu aurais pu me laisser affronter toute seule l'orage au Haensli, mais tu ne l'as pas fait. Ce que j'essaye de te dire, c'est merci.

— Tout le plaisir a été pour moi, répondit-il doucement.

Ces mots résonnèrent délicieusement en elle, allumant des étincelles sur sa peau. Chacune de ses paroles et chacun de ses regards étaient une promesse de plaisir et de volupté.

Elle s'éclaircit la voix, priant pour que son visage ne la trahisse pas.

— Je veux que ça fonctionne. Et pour cela, il faut qu'on arrête de s'envoyer des reproches à la tête.

— Ça me va.

— Une fois la période de la lune de miel officiellement finie, on ne sera plus obligés de rester collés l'un à l'autre, évidemment. Mais pour l'instant je crois que nous devrions poser des règles de base.

Il grimaça.

— Je n'ai jamais été un grand fan des règles.

— Mais tu disais que tu voulais que les choses soient plus civilisées entre nous…

— Je crois que ce truc qui se passe entre nous exclut plus ou moins toute chance que nous soyons toi et moi civilisés, déclara-t-il en s'avançant vers elle.

Son cœur manqua un battement. La conversation ne prenait pas seulement un tour inattendu, elle s'aventurait carrément sur un territoire dangereux.

— Je… je ne vois pas de quoi tu parles, prétendit-elle.

— Alors tu es très naïve ou très effrayée. Et je sais que tu n'es pas naïve, susurra-t-il.

Santa se leva d'un bond.

— Je n'ai pas peur de toi.

— Non, je sais. Tu as peur de ton désir pour moi. Mais rassure-toi : je le ressens aussi.

Louis la vit serrer les poings. Il l'avait mise en colère. Il ne faisait pourtant que pointer l'évidence.

— Il n'y a rien à ressentir. Rien de tout ça n'est réel, Louis. Nous avons joué la comédie. Pour les objectifs. Pour mon sponsor. Pour tes actionnaires.

— Il n'y a que nous ici.

Il se pencha pour lui attraper la main et la pressa contre son torse, là où battait son cœur.

— Pourtant, ça, c'est bien réel.

Il vit ses pupilles se dilater, avalant presque tout le bleu de ses iris alors qu'il portait sa main contre l'érection qui tendait son entrejambe.

— Ça aussi, c'est bien réel. Et ce n'est absolument pas pour mes actionnaires.

Ils se regardèrent, les yeux dans les yeux, leurs visages

à quelques centimètres l'un de l'autre, avec une intensité qui fit bouillonner son sang dans ses veines.

Le souffle court, elle prit son visage en coupe entre ses mains et pressa fiévreusement les lèvres contre les siennes.

7.

C'était comme si une digue se rompait tout à coup en lui.

Le souffle court, électrisé par le contact de ses lèvres, Louis attira Santa contre lui et glissa une main dans ses cheveux. Elle se pressa contre son corps avec une fougue presque maladroite qui lui fit perdre les pédales.

Il avait cru que l'embrasser mettrait fin à son chaos émotionnel des derniers jours, mais il ne comprenait rien à ce désir impérieux qui les poussait l'un vers l'autre. Il aspirait à un assouvissement charnel qu'elle seule pouvait lui donner.

Il parsema sa gorge et son cou de baisers, trouvant un point sensible juste sous l'oreille.

— J'ai envie de faire ça depuis que je t'ai vue dans ma limousine, gonda-t-il contre sa bouche.

— J'en ai eu envie aussi…

Ses joues étaient rougies par l'excitation, et ses iris bleus miroitaient à la lueur du feu. Elle l'attrapa par son pull, qu'elle fit passer par-dessus sa tête, avant de laisser les doigts s'aventurer sur son torse, ses épaules. Elle l'embrassa, lui mordilla la lèvre.

N'y tenant plus, il lui enleva son haut, que rejoignit par terre son propre pantalon.

Les yeux mi-clos, elle dégrafa son soutien-gorge tout simple en coton blanc. Pas de dentelle aguichante, ni de frous-frous affriolants, et pourtant il ne se rappelait pas avoir déjà été aussi excité. Après quelques caresses légères, il pressa doucement ses seins et en fit rouler les pointes entre ses doigts, se délectant des frissons de plaisir de Santa.

Il l'embrassa avec ardeur avant de prendre un mamelon dans sa bouche, de le lécher, de l'exciter d'un coup de langue, lui tirant un gémissement qui électrisa toutes ses terminaisons nerveuses.

Il la débarrassa de son jean, le faisant glisser sur ses hanches, en entraînant sa culotte blanche, instantanément submergé par le besoin viscéral de la goûter.

Il sentit qu'elle le libérait de son boxer, et elle enroula les doigts autour de son sexe en érection.

Ses caresses le mettaient au supplice. Il en voulait tellement plus.

Il se faisait violence pour ne pas l'emporter dans sa chambre de peur de brusquer les choses et de briser l'instant.

Ses pensées s'éparpillèrent quand Santa le fit basculer d'une petite poussée sur le canapé. Il se retrouva assis, et en un mouvement il la souleva et l'installa à califourchon sur ses cuisses. Son souffle s'accéléra quand elle se positionna sur lui et le guida en elle.

Il prit ses seins dans ses mains, en lécha une pointe, puis l'autre, alors qu'elle se cambrait pour aller au-devant de ses assauts.

Elle était si chaude, si étroite… et lui, si proche de perdre le contrôle.

Loin, très loin, il entendit son téléphone bourdonner, mais il aurait pu être en feu qu'il n'en aurait rien eu à faire. Rien d'autre n'avait d'importance que la peau de Santa contre la sienne.

Il se mit à bouger lentement, s'abandonnant au bonheur de la sentir se contracter autour de lui.

Il perçut d'abord confusément sa crispation, puis réalisa qu'elle ne bougeait plus.

Le regard voilé, il leva la tête.

— Santa… ?

Elle ne répondit pas, le visage altéré par la panique et une autre émotion qu'il n'identifia pas. On aurait dit qu'elle venait de sortir d'un cauchemar.

— Qu'y a-t-il ? demanda-t-il d'une voix éraillée.

— Je suis désolée. Je ne peux pas.

Elle se releva, et l'air froid glissa sur sa peau. Une plainte de protestation monta dans sa gorge.

— Santa…, répéta-t-il.

Elle se baissa pour attraper son jean, plaquant d'une main son haut contre ses seins.

— Je suis désolée, bredouilla-t-elle d'une voix déchirante en enfilant son pull d'un geste mécanique. C'est ma faute. Je n'aurais pas dû t'embrasser. Je ne peux pas faire ça.

Il grimaça en enfilant son boxer sur son sexe en érection, le cerveau toujours bloqué sur ce revirement. Elle avait remis son jean et tenait son soutien-gorge à la main. Elle paraissait soudain si jeune, si perdue. Sur le point de se désagréger.

— C'est OK, dit-il en mode automatique.

Sa réponse était absurde puisque ça n'allait manifestement pas. Il jura mentalement en s'entendant ajouter :

— Je ne veux pas te blesser.

L'idée qu'elle puisse le penser lui faisait encore plus mal que son entrejambe à cet instant. Il se leva à son tour. Il devait s'assurer qu'elle savait qu'il ne lui ferait jamais de mal, mais elle était déjà à la porte. Elle disparut, ses pieds nus touchant à peine le parquet clair, ses cheveux détachés flottant sur ses épaules.

Il n'essaya pas de la rattraper.

Ce n'était pas qu'il ne le voulait pas, mais ses jambes refusaient tout bonnement de bouger.

Louis se laissa tomber sur le canapé, le regard tourné

vers le feu. L'absence de Santa le plongeait dans une sensation diffuse de vacuité. Sa peau était froide et moite, et la veine dans son cou battait si fort qu'il n'arrivait pas à déglutir ni à respirer.

Son baiser l'avait pris au dépourvu, mais rien n'aurait pu le préparer à ça. Qu'est-ce qui s'était passé au juste ?

Il venait d'épouser une femme qui ne voulait pas être dans ses bras.

Elle avait fui, lui avait tourné le dos, comme ses propres parents dix ans auparavant.

Peut-être que Santa ne lui adresserait plus jamais la parole non plus. Et il se retrouverait là, seul, assis dans le noir.

Refoulant ses souvenirs et le vortex émotionnel qui s'était momentanément ouvert en lui, il se frotta le visage.

Il se pencha pour ramasser ses vêtements, et ses doigts se fermèrent sur la culotte blanche qu'elle avait abandonnée dans sa fuite.

Qu'est-ce qui s'était passé ? Qu'est-ce qui avait mal tourné ?

Il prit soudain conscience qu'il ne se posait pas les bonnes questions. Il aurait plutôt dû se demander ce qu'il pouvait faire pour rattraper les choses.

Les battements de son cœur résonnaient comme un tam-tam dans sa tête et écrasaient toutes ses pensées. Cela n'avait pas d'importance. Il connaissait déjà la réponse à cette question.

Santa tournoyait sur le lac gelé et enchaînait les pirouettes depuis si longtemps que le décor se fondait dans un brouillard blanc.

Après avoir quitté Louis, elle s'était retrouvée dans sa chambre sans vraiment savoir comment elle avait fait pour y arriver et avait passé la nuit à fixer des yeux la porte, terrifiée à l'idée que Louis frappe et exige d'entrer – ou, pis, force le passage.

Elle n'avait pas eu peur qu'il veuille finir ce qu'elle avait commencé de façon inconsidérée. Elle n'avait pas peur de ça… Ni de lui, mais des explications qu'il lui aurait forcément demandées, et elle ne supportait pas l'idée qu'il connaisse la vérité.

Trop malheureuse pour dormir, trop nerveuse pour pleurer, elle avait attendu les premières lueurs du jour pour s'habiller chaudement et rejoindre le lac.

Elle était en sueur, et malgré ses poumons et ses muscles en feu, elle continuait ses arabesques sur la glace. Si elle s'était arrêtée, la douleur morale l'aurait engloutie. Il n'y avait pas pire souffrance que celle que l'on s'infligeait à soi-même.

Elle avait toujours fait ça. Elle était à la patinoire, le jour où sa mère avait été tuée par un chauffard ivre. Elle n'avait alors que six ans, et quand elle avait levé les yeux et aperçu le père de Merry qui l'attendait, elle s'était mise à patiner, encore et encore. Elle ne s'était plus arrêtée. Son professeur avait fini par la rejoindre sur la glace. Il lui avait pris la main pour la ramener sur le bord.

Le visage de Louis glissa devant ses yeux. Elle avait bêtement cru que ce serait différent avec lui. Qu'elle serait différente.

Cela avait été le cas, au début.

La douleur dans sa tête reprit, et elle accéléra, se propulsant vers l'avant.

Elle s'était sentie libre, désinhibée et forte. Et puis, elle avait entendu la sonnerie de son téléphone, et une panique irrationnelle l'avait submergée.

Elle s'était soudain vue comme Nathan la voyait : nulle, maladroite, inintéressante… Comme Louis allait la voir. Cette idée lui avait été insupportable.

Les larmes roulaient sur ses joues, lui brûlaient les yeux, et elle s'immobilisa, à bout de forces. Elle ne pouvait pas rester éternellement sur la glace. Elle devait affronter la réalité.

Affronter Louis.

Après avoir ôté ses patins, elle prit la direction de la maison, le corps épuisé, douloureux.

Qu'allait-elle lui dire ? Le mieux serait qu'il soit furieux. Elle pourrait se réfugier elle aussi dans la colère.

Il était plus probable qu'il l'évite… ou pas, songea-t-elle quelques minutes plus tard en arrivant sur la terrasse, à l'arrière de la maison.

À l'instant où elle vit Louis, elle sentit son cœur s'affoler. Les jambes vacillantes, elle posa la main sur la rambarde.

— Tu as manqué le petit déjeuner, dit-il d'une voix paisible.

Il était pâle, les cheveux en bataille, comme s'il avait lui aussi patiné pendant des heures. Elle réalisa soudain qu'il était en pull – celui qu'il portait la veille.

— Depuis quand es-tu ici ? demanda-t-elle.

— Une heure ou deux.

— Sans manteau ? Tu dois être gelé.

— Fais attention, dit-il doucement. Tu t'inquiètes presque comme une épouse.

Ils se regardèrent, et il haussa les épaules avant de répondre :

— Non, ça va. J'avais besoin de m'éclaircir les idées et de réfléchir à certaines choses.

La phrase resta en suspens au-dessus de leur tête.

— Je comprends.

Ce fut tout ce qu'elle réussit à dire. Elle ne voulait pas lui demander le sujet de sa réflexion. Elle en avait une petite idée.

Il se leva et fit un geste vers la porte.

— J'ai besoin de me réchauffer, et tu as besoin de manger un morceau. Rentrons. On parlera en même temps.

— Je n'ai pas très envie de parler.

— Tu n'auras pas à le faire, dit-il d'un ton neutre, le visage indéchiffrable.

À l'intérieur, tout était étrangement silencieux et calme. Elle promena son regard sur la cuisine vide.

— Où est Maggie ?

— Je lui ai donné sa journée.

Il poussa vers elle un petit panier avec des croissants.

— On a de la chance parce qu'elle nous a préparé ça avant de partir et que moi j'ai appris à dompter cette bête, plaisanta-t-il en faisant un geste vers une imposante machine à café dernier cri en acier inoxydable. Je peux nous faire un expresso.

Elle n'avait pas faim, ni très envie de café, mais n'avait pas la force de discuter. Pour se donner une contenance, elle prit un croissant pendant que Louis préparait le café. Elle en mit un morceau dans sa bouche. Il était délicieux, moelleux et fondant, avec un soupçon de caramel.

— Merci, dit-elle en prenant la tasse qu'il lui tendait.

Il s'assit en face d'elle, et pendant de longues minutes ils restèrent absorbés par leur tasse.

— Je sais que tu n'as pas envie de parler de ce qui s'est passé, et c'est OK, dit-il, rompant le silence.

Il affichait le sourire que l'on adresse à un inconnu : poli et prudent.

— Les actes sont plus parlants que les mots. Je pense à ce qui s'est passé sur le canapé, avant que tu t'en ailles.

Les doigts de Santa tressaillirent contre sa tasse, et un peu de café tomba dans la soucoupe.

— C'est plus compliqué.

Moche et humiliant, ajouta-t-elle mentalement.

— Je peux gérer les complications, dit-il doucement.

Pouvait-elle se confier, lui parler de ce sentiment de honte qui la tenaillait ?

Ses yeux glissèrent vers l'alliance à son doigt. Il était peut-être devenu son mari et avait prononcé des vœux devant des témoins, promettant de la chérir et de l'aimer, mais leur union n'en était pas vraiment une.

Louis la dévisageait, attendant une réponse. Elle resta figée, incapable de hocher ou de secouer la tête, craignant que le moindre mouvement ne libère un torrent de larmes.

— Je sais que nous le voulons, mais ça ne va pas fonctionner. Je crois que ce serait mieux pour tous les deux de limiter la casse et de passer à autre chose, conclut-il.

Elle cligna les yeux, et sa poitrine se serra douloureusement comme s'il venait de lui donner un coup de poing.

— Passer à autre chose… Qu'est-ce que tu veux dire ?

— À toi de voir, lâcha-t-il, le visage impénétrable. Un divorce ? Une annulation ?

La tasse lui parut peser une tonne dans sa main. Engourdie, tremblant à l'intérieur, elle le regarda, horrifiée et incrédule.

— À cause d'hier soir ?

Il hocha la tête.

— Oui, en partie.

La pièce se mit à tourner.

— Non… Non. Je sais que tu es en colère et je comprends, mais on ne peut pas se séparer maintenant, pas après tout ce que nous avons fait, dit-elle d'une voix hachée qu'elle reconnaissait à peine. On peut tenir une année.

— C'est fini, Santa, répéta Louis en secouant la tête.

— Non ! se récria-t-elle d'une voix plus forte. Tout le monde va savoir que ce mariage était bidon.

Ce qui était le cas. Une comédie. Un mensonge. Une supercherie. Ses mains se crispèrent sur le bord de la table.

— Je perdrai tout…

— Non, tu ne vas rien perdre, Santa.

Il se leva, une émotion éclairant brièvement son regard, et s'avança vers la machine à café pour prendre une feuille de papier et un stylo posés à côté.

— Voilà. J'ai noté ça, ce matin, et je crois que j'ai abordé tous les points clés. Ce n'est qu'un brouillon. Tu peux, bien sûr, y apporter les modifications que tu veux.

Elle regarda la feuille. Pendant un instant, les lignes manuscrites dansèrent devant ses yeux, comme si elle avait un début de migraine, puis les mots finirent par se stabiliser. Elle la laissa tomber sur la table.

— Je ne comprends pas... Ce n'est pas ce qui s'est passé.

Il haussa les épaules, le regard rivé au sien.

— Comme tout ce que nous avons raconté à tout le monde, il y a trois jours.

— Tu prends tous les torts, murmura-t-elle, la gorge serrée.

Il esquissa un sourire qui n'atteignait pas ses yeux.

— Ce ne sera pas la première fois. Ne t'inquiète pas pour moi. Je suis un grand garçon et j'ai le cuir dur.

Il tendit le bras par-dessus la table et lui prit la main.

— De cette façon, tu gagnes une carte « Vous êtes libéré de prison » et tu peux poursuivre ton chemin.

Il leva les mains, entre deux battement de cils elle vit son annulaire nu. Au bord des larmes, elle le regarda poser son alliance sur la table.

— Tu ferais ça pour moi ? demanda-t-elle d'une voix éraillée.

Il détourna les yeux, regarda à travers l'immense cuisine, comme s'il voyait par-delà le piano et les éléments d'un blanc éclatant.

— Je t'ai poussée... sans te laisser le temps de réfléchir. Même si cela ne doit pas durer plus d'une année, je ne peux pas t'enfermer dans un mariage avec un homme que tu n'aimes pas et que tu n'estimes pas.

— Mais je…

— Écoute, Santa, je sais que tu n'as pas une bonne opinion de moi, et c'est OK, la coupa-t-il. La plupart du temps, je n'ai pas non plus une bonne opinion de moi. Je veux juste que tu saches que je ne te ferai jamais de mal, et je suis désolé de t'avoir fait peur, hier soir.

Son ventre se contracta. Il avait tout faux. Elle savait maintenant à quel point son entreprise était importante pour lui. À quel point son personnel comptait.

Si elle le laissait faire, il allait tout perdre. Il ne pouvait pas être puni pour quelque chose qu'il n'avait pas fait.

— Tu ne m'as pas fait peur, dit-elle, la respiration saccadée.

Il plissa les yeux.

— Tu t'es enfuie, Santa.

— Ce n'est pas à cause de toi.

— Il n'y avait personne d'autre.

Elle battit des paupières, refoulant ses larmes, la main pressée contre la poitrine comme pour contenir toutes ses émotions.

— Si, moi. C'est moi que je fuyais, je ne voulais pas que tu voies la personne que je suis *vraiment*.

Louis l'observait, silencieux.

— Je ne comprends pas.

— J'ai cru que j'y arriverais et que ce serait différent avec toi, que cela pourrait l'être. Mais je suis qui je suis.

D'habitude, si une conversation devenait un peu trop sérieuse ou personnelle, il changeait de sujet ou tournait les talons. Mais pas cette fois. Il avait seulement envie de faire disparaître cette lueur torturée qu'il voyait dans ses yeux.

Il la vit couler un regard vers la porte, et plus loin vers l'escalier, et s'empressa de demander :

— C’est pour ça que tu es partie en courant ?

— Je ne voulais pas que ce soit comme ça avec toi aussi.

Il lui prit la main par-dessus la table.

— Comme ça ? demanda-t-il doucement.

— Un désastre.

Ce mot paraissait à la fois brutal et ridicule dans la cuisine pleine de lumière.

— Pourquoi veux-tu que cela soit un désastre ?

— Parce que ça l’a été. Avec Nathan, dit-elle en se mordillant la lèvre.

Ce prénom déclencha en lui un accès de jalousie primaire.

— C’était ton petit ami ?

— Au lycée, dit-elle en hochant la tête, les yeux baissés. C’était dur pour moi. Je n’ai jamais vraiment été intégrée. Et quand je me suis mise à gagner des compétitions, je suis devenue la cible de railleries. On disait que j’étais coincée et prétentieuse.

Il serra les doigts autour de sa main.

— On est cruel à cet âge.

— Les profs faisaient cesser le harcèlement quand il le voyait, mais la plupart du temps je prenais sur moi, parce que je m’épanouissais sur la glace. Et puis, un jour, Nathan a pris ma défense. Je n’arrivais pas à y croire. Il était beau et très populaire.

Louis n’avait pas besoin d’entendre la fin de l’histoire pour comprendre que ce Nathan n’était pas un chevalier sur son blanc destrier.

— Tu ne comprends pas, dit-elle en sentant son scepticisme. Je ne suis pas comme toi. Je suis quelconque quand je ne suis pas sur la glace.

Elle ne pouvait pas être plus à côté de la plaque, songea-t-il en se souvenant de la première fois où il l’avait vue à l’héliport.

— Je suppose que je me suis sentie flattée, poursuivit-elle

sans lui laisser le temps de la corriger. Je n'avais jamais le temps pour les soirées pyjama, les fêtes et les petits copains, ce qui ne veut pas dire que je ne souffrais pas de ne pas connaître tout ça.

Sa bouche se mit à trembler.

— Nathan m'a dit que j'étais belle, qu'il m'aimait et qu'il voulait coucher avec moi. Je le voulais aussi. Quand je suis allée à Sheffield pour les championnats de patinage artistique, on a décidé qu'il me rejoindrait à l'hôtel après.

Elle marqua un silence plus long, puis esquissa un sourire désabusé.

— J'ai décroché l'or. Je suis rentrée à l'hôtel, et on a couché ensemble. Ça a été une catastrophe. J'ai été une catastrophe.

— Tu ne peux pas le savoir.

— Si, je le sais, et il s'est assuré que tout le monde le sache aussi.

Elle dégagea sa main pour attraper son téléphone. L'humiliation et la honte qu'il vit dans ses yeux lui donnèrent envie de tout casser autour de lui.

— Tiens. Je sais qu'on ne me voit pas sur la photo, mais on sait qu'il s'agit de moi.

Louis regarda l'écran. C'était la photo d'une médaille. Une médaille d'or. La colère lui obscurcit la vision comme un voile rouge, mais pas assez pour qu'il ne puisse pas lire le commentaire humiliant inscrit au-dessous ni le nombre de *likes*.

— Je ne sais pas si on peut encore la trouver sur le Net. C'est une capture d'écran. Je l'ai prise pour ne plus jamais oublier mes priorités.

La rage faisait bouillonner le sang de Louis.

— C'était ta première fois, dit-il d'une voix rauque. Les premières fois sont souvent ratées. Je me souviens de la mienne. Tout a été terminé en cinq minutes montre en main.

En voyant les larmes couler sur les joues de Santa, il se leva et contourna la table pour l'enlacer.

— Quand ton téléphone a sonné, tout ce qu'il a fait et dit a resurgi, et j'ai paniqué…, chuchota-t-elle.

Il comprenait mieux sa réaction. Elle avait dû avoir l'impression qu'un piège se refermait sur elle.

Il la tint tout contre lui, passant doucement les doigts dans ses cheveux, jusqu'à ce que ses sanglots s'apaisent.

— C'est un troll, Santa. Un troll pathétique et lâche. Rien ne me ferait plus plaisir que de lui régler son compte.

Elle releva la tête et esquissa un sourire mouillé qui lui déchira le cœur.

— Je ne crois pas que cela serait bien accueilli par tes actionnaires, mais merci quand même.

— Je suis désolé. De t'avoir mise dans cette position. De t'avoir embrassée.

— Non, dit-elle en pressant les doigts contre sa bouche. Je ne veux pas que tu t'excuses.

Elle prit le papier qu'il avait rédigé et le déchira en deux.

— Ça non plus, je n'en veux pas. On a passé un accord, on est sur le même bateau.

Elle lui tendit son alliance, et il l'observa en silence, remué par ses mots et la détermination dans sa voix.

— Tu ferais ça pour moi ? dit-il lentement.

Elle se fendit d'un hochement de tête tout en glissant l'alliance à son doigt.

Il réalisa qu'elle avait les yeux rivés à sa bouche et, instinctivement, il se pencha, effleurant ses lèvres des siennes. À peine un frôlement.

— Tu es vraiment sûre de toi ?

Elle soutint son regard.

— Je n'ai jamais eu de doute te concernant, c'était moi, le problème.

Il secoua la tête et fit glisser les doigts le long de sa pommette.

— Tu n'as jamais été le problème. Mais si tu ne me crois pas, je vais devoir te le prouver.

— Maintenant ? dit-elle d'une voix tremblante. Tu veux me le prouver maintenant ?

Il inclina la tête et passa la langue sur ses lèvres, qu'elle entrouvrit dans une invitation silencieuse qui l'électrisa. Il s'empara doucement de sa bouche, approfondissant son baiser, grisé par sa saveur et par la chaleur de son corps. Il enroula un bras autour de sa taille, le corps vibrant de désir. Elle fit glisser les mains sous son pull, promena les doigts sur sa peau.

— Pas ici…, murmura-t-il contre sa bouche alors que sa hanche cognait contre le comptoir.

Il voulait un lit pour tout ce qu'il avait envie – ou plutôt besoin – de lui faire.

— Attends…

Il sortit son téléphone et le posa sur le comptoir. Elle agrippa son pull pour l'attirer tout contre elle, s'accrochant à lui de toutes ses forces.

Et il sut qu'ils ne pourraient jamais atteindre la chambre…

Sans rompre leur étreinte ni leur baiser, Louis la fit marcher à reculons jusque dans le salon. Ils se déshabillaient tout en avançant à l'aveugle, se cognant contre des meubles, avant de tomber sur le canapé, bras et jambes entremêlés.

Elle n'avait pas peur. Il n'y avait qu'une spirale de plaisir qui se déployait en elle et Louis qui la dévorait des yeux. Son désir brut décuplait le sien, et un sentiment de toute-puissance l'envahit.

Il caressa ses hanches et sa taille, dessinant des cercles

sur sa peau avec les doigts, puis la langue. Il prit ses seins en coupe, les pressant l'un contre l'autre, les lécha et les suça, lui arrachant un gémissement d'impatience.

Son corps était parcouru de frissons d'excitation et menaçait de se consumer ; elle se sentait déchaînée. Elle en voulait plus et se cramponnait désespérément à lui.

Comme s'il avait deviné ses besoins, il remonta une de ses jambes à hauteur de ses hanches et bascula son bassin pour accentuer le frottement de son érection contre son clitoris. Elle hoqueta de surprise et de plaisir, essayant d'assimiler les sensations qu'il faisait naître en elle, les doigts crispés autour de ses biceps, la tête en arrière.

Il recula pour la regarder.

— Je vais aller chercher un préservatif, dit-il d'une voix altérée.

— Non, souffla-t-elle en entrelaçant les doigts aux siens pour le retenir. Je prends la pilule.

Il plongea le regard au fond du sien.

— Et tu n'as pas à t'inquiéter. Je suis prudent. Je veux dire, je me protège.

Il glissa les mains sous ses fesses pour la soulever. Elle enroula instinctivement les jambes autour de sa taille, se pressant contre lui tandis qu'il la pénétrait d'une seule poussée. Il soupira de satisfaction contre sa gorge, avant d'entamer un va-et-vient, le corps secoué de tressaillements. Elle se cambrait pour le recevoir plus profondément et ondulait au rythme qu'il lui imprimait, leurs corps s'emboîtant dans une frénésie des sens.

8.

Santa cligna des paupières et ouvrit lentement les yeux dans la lumière gris pâle. Le cerveau embrumé, elle resta désorientée de longues secondes, promenant le regard autour d'elle, avant de se redresser dans un sursaut.

Elle était dans le lit de Louis.

Son œil accrocha l'alliance à son annulaire. Elle remonta les draps sur son corps nu, parcourue par une onde de plaisir qu'elle ressentit jusque dans ses orteils.

Du plaisir, mais aussi une légèreté, comme si on lui avait ôté un poids. Et d'une certaine façon, c'était ce qui s'était passé. Chaque fois que Louis l'avait enlacée, les yeux brûlants de désir, elle avait senti la honte froide et collante qui ne la quittait pas depuis des années s'effilocher petit bout par petit bout.

Elle suivit des yeux les flocons de neige qui tournoyaient mollement dans les airs, un sourire sur les lèvres. Louis avait su se montrer très convaincant. Même s'il y avait encore quelques petites choses qui méritaient d'être approfondies…

— Tu es réveillée.

Elle se tourna vers la porte, tous les sens soudain en alerte et le regarda avancer dans la chambre, deux tasses de café dans les mains. Avec ses cheveux en bataille, son pantalon de survêtement large et son T-shirt blanc, on l'aurait cru sorti tout droit d'un shooting photo pour vêtements d'intérieur.

Il posa les tasses sur la table de chevet.

— J'ai cru que tu ne te réveillerais jamais, murmura-t-il en se laissant tomber à côté d'elle sur le lit.

Santa fronça les sourcils.

— Pourquoi ? Quelle heure est-il ?

Il tourna sa montre autour de son poignet pour lui permettre d'en voir le cadran.

— Oh ! mon Dieu ! s'exclama-t-elle. Pourquoi ne m'as-tu pas réveillée ?

Il passa l'index sous son menton pour le relever et l'embrassa doucement.

— J'ai pensé que tu avais besoin de récupérer. Il était 3 heures quand on a atteint le lit…, dit-il, le regard fixé sur ses lèvres. Et nous n'avons pas beaucoup dormi ensuite.

C'était tellement inimaginable ce qui venait de se passer. Elle se retrouvait près de Louis, dans son lit, leurs corps portant encore les marques de leurs étreintes. C'était d'une intimité folle !

Et si cela lui suffisait ? Elle s'appuya d'une main contre le matelas comme pour se stabiliser.

— Santa ? s'inquiéta-t-il en fronçant les sourcils. Qu'est-ce qu'il y a ?

— Rien, dit-elle, les yeux glissant sur son torse musclé. C'est nouveau pour moi. Le réveil, le matin.

— C'est un peu tard pour s'inquiéter de ça. Je veux dire, techniquement, on est l'après-midi.

Elle se mordilla nerveusement la lèvre.

— Je suppose que…

— Hé ! dit-il en ramenant une mèche de ses cheveux derrière son oreille. Ce qui s'est passé avant, avec lui, n'arrivera jamais ici. Matin, après-midi, soir, quelle que soit l'heure du jour ou de la nuit, j'ai envie de toi.

Il plongea les doigts dans ses cheveux et les tira, juste assez pour incliner sa tête en arrière.

— Mais peut-être as-tu besoin de preuves…

Il s'écoula une heure avant qu'ils réussissent à quitter le lit, et ils perdirent encore toute notion du temps sous la douche.

Il observa Santa qui attachait ses cheveux en queue-de-cheval, captivé par le mouvement de ses mains.

Elle se pencha pour prendre sa montre, et il laissa son regard courir sur sa chute de reins, ses hanches, puis ses fesses en forme de cœur, et tout son corps se tendit, électrisé.

Elle était le feu sous la glace, et que la sage et parfaite Santa Somerville s'embrase sous ses mains l'excitait terriblement.

Il aimait ce qu'il découvrait d'elle. Elle ne trichait pas. Il n'avait plus fait confiance à quelqu'un depuis Marina.

— Quelque chose ne va pas ?

Il leva la tête et croisa son regard inquiet.

Sa poitrine se contracta. Elle méritait tellement plus que ce qu'il pouvait lui donner, et certainement pas des promesses lancées en l'air.

— Rien. Je suis seulement affamé, répondit-il en lui prenant la main. Allons voir ce que l'on trouve dans la cuisine.

Elle ne fit pas autant honneur qu'elle l'aurait voulu au repas préparé par Maggie. Elle avait l'impression de manger du carton et nota à peine la saveur délicate de la sauce au Vermouth et des pommes de pin en chocolat praliné.

Elle sentit le rouge monter à ses joues. C'était si simple

entre eux. Elle était à l'aise avec lui et cette nouvelle intimité. Comme si le sexe avait tout réglé.

Louis avait réussi à percer les défenses qu'elle avait dressées autour d'elle après Nathan.

Elle lui jeta un coup d'œil à la dérobée et sentit son pouls s'accélérer. Il avait tort : il ne l'avait pas forcée à l'épouser, il l'avait libérée en l'aidant à affronter son passé.

C'était peut-être pour ça qu'elle se sentait heureuse. Plus heureuse qu'elle ne s'était jamais sentie.

Elle leva son verre et le porta à sa bouche pour cacher le sourire qui naissait sur ses lèvres.

— Quoi ? demanda-t-il, en la regardant, sa fourchette en suspens.

À croire qu'elle ne pouvait rien lui dissimuler.

— Je me disais simplement que tu ne ressembles en rien à celui qui est décrit dans les tabloïds.

Elle s'interrompit, surprise d'avoir dit ça à voix haute.

— Tu es différent.

— Par « différent », je suppose que tu veux dire plus charmant et sexy, dit-il avec humour.

Elle se mordilla la lèvre, traversée par un accès de timidité.

— Non, je pensais à « plus gentil ».

— Plus *gentil* ? répéta-t-il lentement, en détachant les syllabes comme s'il ne connaissait pas ce mot. Ça me va !

Pendant un bref instant, il la caressa du regard avant de se pencher et de l'embrasser. La douceur de ses lèvres l'électrisa, et elle inclina la tête, approfondissant leur baiser, la langue mêlée à la sienne dans une danse sensuelle.

— Oh ! excusez-moi.

Ils se séparèrent d'un même mouvement et se tournèrent vers Maggie qui apportait le café.

— Je vous dépose le plateau là, dit-elle, un petit sourire aux lèvres. Bonne dégustation.

— Merci, Maggie, répondit Louis avec un sourire.

Santa sentit le rouge monter à ses joues.

— Je crois qu'elle sait…

Il leva les yeux au ciel.

— Bien sûr qu'elle sait. C'est ça d'avoir du personnel de maison. Ils connaissent tout de vous. Le bon, le moins bon et le moche.

Il lui prit la main et la porta à sa bouche, effleurant des lèvres son alliance.

— Ou, pour ce qui te concerne, l'incroyablement beau, ajouta-t-il en plongeant dans ses yeux. Maggie est cool. Elle est sûrement heureuse que nous ayons surmonté notre querelle d'amoureux.

Amoureux.

Ce mot la pénétra dans un bruissement, comme une caresse sensuelle qui embrasa chacune de ses terminaisons nerveuses.

Il faisait naître en elle un sentiment de vulnérabilité qui aurait dû lui faire peur. C'est ce qui se serait passé encore une semaine auparavant. Mais plus maintenant. Elle n'avait pas peur du désir que lui inspirait Louis. Au contraire, elle ressentait une liberté inédite. Elle était comme sur une aile géante qui s'élevait vers le ciel, puis descendait en piqué.

— Et ça te rend heureux ? demanda-t-elle après un moment.

Un sourire étira lentement ses lèvres.

— Je ne pourrais pas l'être plus.

Santa lui tenait les mains tout en patinant à l'envers, l'entraînant avec elle sur la glace. Louis sentit soudain ses pieds se dérober sous lui. Il avait pourtant joué au hockey quand il s'était installé au Canada, mais il était totalement rouillé sur des patins. Santa le tira pour l'aider à se relever pour la énième fois.

— Tu sembles y prendre un peu trop de plaisir, grommela-t-il en l'entendant pouffer. Et d'ailleurs, comment fais-tu pour ne pas être couverte de bleus ?

— Je mets des coussinets en gel, dit-elle en esquissant un petit sourire. Et savoir tomber, ça s'apprend, comme tout le reste.

— Je vois. Ployer pour ne pas rompre, c'est ça le secret ?

Elle hocha la tête.

— Voilà. L'essentiel est de garder la tête droite. Essaye de ne pas tomber sur les genoux ou les coudes. Ou le coccyx, ajouta-t-elle en le voyant se frotter le bas du dos.

Il secoua la tête, ravalant une grimace.

— Je vais garder ça en mémoire.

— Il n'y a que la pratique pour atteindre la perfection.

— Oui, je confirme, susurra-t-il, le regard chargé de sous-entendus.

Elle se tortilla pour échapper à ses bras.

— Voilà pourquoi j'ai besoin de m'entraîner. Et toi aussi.

— Ouch ! dit-il en souriant. Dire que je croyais que je m'y prenais bien.

— Eh bien, tu as tous les fondamentaux, dit-elle en se mordillant la lèvre.

Elle bondit pour rester hors de sa portée alors qu'il essayait de lui attraper la main.

— Continue à faire ce que tu fais pendant que je m'échauffe.

Ils restèrent sur le lac une heure et demie. Après un petit échauffement, Santa enchaîna les figures, s'interrompant de temps en temps pour lui montrer comment faire une pirouette simple, un saut de lapin ou de valse.

— Tu sais que tu es un bon professeur, lui murmura-t-il à l'oreille, la main glissant sur sa hanche.

Ils gisaient dans le lit, comblés et repus, après avoir cédé au désir charnel qui avait ponctué la journée comme un battement de cœur.

— J'ai donné des cours à la patinoire où je m'entraînais. À des enfants principalement. Ça mettait un peu de beurre dans les épinards.

Elle se tourna pour le regarder.

— Tout est devenu plus facile depuis que j'ai un sponsor.

— Cela ne devait pas être simple de les caser entre l'école et tes entraînements.

Elle haussa les épaules.

— Toute ma famille a dû faire des sacrifices, alors j'étais heureuse de participer à l'effort. Et puis ce n'était pas grand-chose. Mon père et Kate ont souvent dû cumuler deux boulots.

— Kate est ta sœur ?

— Je n'ai pas de sœur. Seulement deux frères, Robbie et Joe. Kate est ma belle-mère. Ma mère est morte quand j'avais six. Un chauffard ivre a percuté sa voiture. Mon père a rencontré Kate deux ans plus tard. C'est elle qui m'a élevée.

— Mais c'est ta mère qui t'a appris à patiner ?

Elle hocha la tête.

— Elle faisait des compétitions. Elle a tout arrêté quand elle est tombée enceinte de moi, mais m'a emmenée à la patinoire dès que j'ai su marcher.

Elle sentit sa main se resserrer sur sa hanche.

— Je suis désolé, Santa.

— Ça va. C'est arrivé il y a longtemps.

Elle resta silencieuse quelques instants, avant de reprendre :

— C'est pire pour toi.

— Comment ça, pire ?

Elle leva les yeux en sentant la tension dans sa voix et vit un muscle tressauter à l'angle de sa mâchoire.

— Ton père est mort il y a seulement trois mois. C'est douloureux de perdre un parent…, dit-elle en choisissant ses mots. Mais toi, tu as dû en plus gérer du jour au lendemain beaucoup de choses. Le titre, l'entreprise familiale.

— Callière est à moi. C'est moi qui l'ai créée, lâcha-t-il d'une voix tranchante. Ma famille n'a rien à voir avec. Pas plus que toi, d'ailleurs.

Elle tressaillit comme si elle venait de recevoir un coup.

— Je ne savais pas

— Comment aurais-tu pu le savoir ? Ce n'est pas comme si nous devions nous raconter nos vies. Ce n'est pas dans le contrat.

Elle déglutit difficilement, la gorge nouée. Comment pouvait-il se montrer soudain si froid et distant alors qu'elle sentait la chaleur de sa main sur sa hanche ? Bien sûr qu'elle savait pourtant à quoi s'en tenir dès le début. Ce n'était qu'un simulacre de mariage.

Pendant un moment, elle l'avait oublié, à cause de l'intimité qu'ils venaient de partager, de la sensation d'être sur la même longueur d'onde. Le sexe avec lui était incroyable, mais cela restait du sexe. Ils avaient laissé leurs corps satisfaire un désir. Cela ne voulait pas dire qu'il tenait à elle. Si elle avait eu plus d'expérience, elle l'aurait su.

— Je vais aller prendre un bain, dit-elle en se dégageant de son étreinte.

Elle se leva et avança, un pied après l'autre, en pilotage automatique, vers la salle de bains, terrassée par une vulnérabilité familière. Elle referma la porte sur elle, frémissant intérieurement. Elle resta immobile de longues minutes, avant de s'avancer vers la baignoire et d'en ouvrir les robinets. Elle regarda l'eau couler, s'imaginant y plonger et disparaître en tourbillonnant par la bonde.

Une heure plus tard, elle était toujours immergée dans une mousse chaude et parfumée, les yeux fermés, quand la porte s'ouvrit.

Un mouvement d'air froid pénétra dans la pièce, et elle rouvrit les yeux. Louis se tenait près de la baignoire, habillé, les mains enfoncées dans les poches de son pantalon. Il semblait tendu, incertain de la façon dont elle allait réagir.

— Je peux sortir si c'est ce que tu veux, dit-il d'une voix tendue, comme si chaque mot lui demandait un effort,

Elle le dévisagea un instant sans rien dire. Il souffrait, et même s'il l'avait repoussée, elle ne pouvait pas lui faire la même chose.

— Je n'en ai pas envie, dit-elle en secouant la tête.

Louis s'assit au bord de la baignoire. Il avait l'impression que les battements de son cœur s'étaient désynchronisés. Santa posait un regard prudent sur lui, les sens en alerte.

Il ne pouvait s'en prendre qu'à lui-même.

Il l'avait délibérément blessée, de façon déloyale, parce qu'il voulait qu'elle arrête de le faire parler de son père, de sa famille.

Il avait reçu le retour de manivelle à l'instant où il l'avait sentie s'écarter de lui et mettre une distance émotionnelle entre eux.

Une douleur s'était diffusée dans sa poitrine, et il avait su qu'il devait arranger les choses. Il ne pouvait pas la chasser de sa vie comme il le faisait avec les autres femmes, ça lui était tout bonnement impossible, même s'il n'en comprenait pas la raison. Tout ce qu'il savait c'est qu'il était irrésistiblement attiré par Santa comme si un fil invisible les reliait l'un à l'autre.

— Tu peux me passer le peignoir ?

Il le lui tendit et la regarda en serrer la ceinture autour

de sa taille. C'était le sien, trois fois trop grand pour elle, et elle semblait disparaître dans le tissu-éponge.

Avait-il le droit de faire peser ses propres problèmes sur ses frêlcs épaules ?

Mais ça lui parut mal, lâche et irrespectueux de ne pas lui donner des explications. Elle avait été honnête avec lui, et c'était à son tour de lui montrer qu'il lui faisait confiance.

— Je suis désolé pour ce qui vient de se passer, dit-il alors qu'elle s'asseyait à côté de lui. Je ne parle jamais de mon père. Lui et moi… On s'est brouillés il y a quelques années.

Bonjour l'euphémisme.

— Qu'a-t-il fait ?

Louis la regarda, interloqué. Personne ne lui avait jamais posé cette question. Pour tout le monde, c'était forcément lui le coupable.

— C'était dans tous les journaux, dit-il avec un haussement d'épaules. J'étais censé me marier, et… Bon, ça ne s'est pas fait. Mes parents y tenaient beaucoup plus que moi.

Il esquissa un sourire de façade.

— J'ai particulièrement déçu mon père. Sa réaction m'a blessé. On s'est disputés, et je suis parti. La dernière fois que je l'ai vu, c'est aux funérailles de ma grand-mère, il y a presque dix ans.

— Ça a dû être une journée difficile, dit-elle lentement.

Il hocha la tête.

— Une des pires que j'aie vécues.

D'une certaine façon, même, la pire. Il ne s'était jamais senti aussi seul.

— Mais même avant ça, on avait une relation délicate. Mes parents m'ont eu sur le tard, probablement trop tard. Je le trouvais vieux jeu et autoritaire, et rien de ce que je faisais ne trouvait grâce à ses yeux.

Il planta le regard dans le sien, sans rien laisser paraître.

— Si je n'avais pas été son seul enfant, il m'aurait écarté, mais il a dû faire avec moi. Pas le choix.

Santa glissa les doigts entre les siens.

— Je suis désolée.

— J'étais en pension la plupart du temps, dit-il en haussant les épaules avec détachement. Et quand je n'étais pas à l'école, je restais à Dower House avec Glamma, ma grand-mère.

— Ton entreprise porte le nom de cette grand-mère ?

Il acquiesça.

— Elle était canadienne. Elle m'a donné les titres de propriété de la mine et des terrains à Yellowknife. Cette maison est construite sur la terre qui appartenait à sa famille. Elle aurait pu y rester et épouser un fermier, mais elle voulait monter sur les planches. Et c'est ce qu'elle a fait. Elle est partie à Broadway et est devenue actrice.

— Elle semble avoir eu une vie incroyable.

— Elle était très belle, maligne et coriace, et je l'aimais, dit-il, le regard fuyant.

— Alors comment s'est-elle retrouvée mariée à un duc ?

— Elle a fait la connaissance de mon grand-père lors d'un match de polo. Elle s'est assise à sa place et a refusé de la lui rendre, dit-il en la regardant dans les yeux. Ça te rappelle quelque chose ?

Santa esquissa un sourire.

— Mais ça a été l'amour au premier regard ?

— Je dirais plutôt l'amour à la première querelle. Leur mariage a été explosif à tous points de vue. Mais oui, ils s'aimaient.

Elle garda le silence, un bref instant.

— Et ta mère ?

— Oh ! elle aussi, je l'ai déçue, dit-il d'une voix faussement légère. Notre relation mère-fils n'a finalement pas duré longtemps.

Il sentit les doigts de Santa se resserrer sur les siens.

— Il n'est pas trop tard pour changer ça.

Il repensa aux funérailles de son père. Les gens vêtus de noirs. Le cercueil noir laqué. Sa mère, pâle, désespérée et perdue.

— Ce n'est pas grave. Je suis passé à autre chose, prétendit-il. Le passé est le passé. De l'eau a coulé sous les ponts depuis.

— Alors pourquoi est-ce qu'on en parle ? demanda-t-elle d'une voix douce.

— Parce que tu as amené le sujet sur la table.

Son corps vibrait comme la corde d'un arc tendu.

— Seulement, tu n'en sais pas assez pour…

— Je sais que tu en veux à tes parents et que c'est pour ça que tu les as rayés de ta vie, répliqua-t-elle sans ménagement.

— Je ne les ai pas rayés de ma vie, Santa. Ce sont eux qui m'ont rayé de la leur quand j'ai refusé d'épouser Marina.

Santa sentit son estomac se contracter sous le regard traversé d'éclairs de Louis.

— Et tu sais pourquoi j'ai refusé de l'épouser ? Parce que je l'ai surprise au lit avec un autre homme, la veille des noces.

— Je suis désolée…, murmura-t-elle.

— Ne le sois pas. Je ne le suis pas. Je sais maintenant qu'elle m'a rendu un fier service. Elle m'a ouvert les yeux sur le monde, sur le fonctionnement de notre monde à elle et moi : le mariage ne serait toujours qu'une transaction, un échange sans amour.

Il esquissa un petit sourire.

— Peut-être est-ce pour ça que c'était facile pour moi de t'épouser. Je suis heureux de l'avoir fait pour toi, Santa.

Mais quand tout sera fini, je ne me remarierai pas. Je préfère faire cavalier seul.

— Pourquoi est-ce que tu ne leur as pas dit la vérité au sujet de Marina ? demanda-t-elle, plus blessée qu'elle ne l'aurait voulu par ses mots.

— Je l'ai fait. Mon père a balayé ça d'un revers de la main. Il m'a même trouvé très petit bourgeois sur le mariage et la fidélité.

Un éclat de douleur glissa dans son regard.

— Il m'a dit qu'il était trop tard pour reculer, que la réputation des Albemarle passait avant mon ego. Il voulait cette alliance, et je n'avais qu'à tourner la tête et regarder ailleurs. J'étais sonné, je n'ai pas su quoi dire, poursuivit-il dans un murmure. Alors j'ai dit que j'acceptais d'épouser Marina. Mais je me suis réfugié dans un hôtel et je me suis mis à boire. Non-stop jusqu'au lendemain soir.

— Que s'est-il passé ? murmura-t-elle.

— Je suis rentré chez moi. Je pensais bien qu'il serait en colère, mais j'étais encore loin de la réalité. Il m'a accusé d'avoir trahi la famille, de l'avoir trahi lui. J'ai essayé de lui expliquer pourquoi je n'avais pas pu aller jusqu'au bout. Je me suis excusé, mais il ne voulait rien entendre. Il m'a dit que je n'avais pas l'étoffe d'un duc et qu'il voulait que je parte. Sur-le-champ, cette nuit-là. De la maison. Du domaine.

— Oh ! Louis, c'est horrible…

— Il m'a coupé les vivres. Je n'avais plus aucun revenu. Nulle part où aller. Les paparazzis ne me lâchaient pas. J'étais au bord du gouffre. Je n'arrêtais pas de l'appeler, de lui laisser des messages, mais c'est comme s'il avait fait une croix sur moi.

— Et ta mère ? Elle n'a rien dit ? demanda Santa, le cœur lourd.

Un rictus tordit les lèvres de Louis.

— Elle n'a rien dit. Elle se tenait là, figée comme une statue.

— J'ai changé après la mort de ma grand-mère, dit-il en entrelaçant les doigts aux siens. J'ai arrêté d'appeler mes parents et je n'en ai plus rien eu à faire du qu'en-dira-t-on. J'étais de tous les excès, toujours le premier à lever le coude. Je me suis appliqué à ruiner ma réputation.

— C'est pour ça que tu as proposé de prendre la responsabilité de ce qui est arrivé à Klosters ?

Il acquiesça et poursuivit :

— Et puis les affaires ont décollé, et j'ai posé un couvercle sur le passé jusqu'au coup de fil de ma mère il y a trois mois.

Un muscle tressauta dans sa joue.

— Je n'avais pas entendu sa voix depuis dix ans, et ça m'a complètement foutu en l'air. J'ai raccroché sans l'écouter. Mon père est mort deux jours plus tard.

Il parut soudain complètement abattu et, sans réfléchir, elle glissa les bras autour de lui.

— Tu ne pouvais pas savoir…

— Je regrette de ne pas leur avoir parlé. De ne pas lui avoir parlé à lui.

— Ce n'est pas trop tard, dit-elle doucement. Ta mère est toujours là.

Louis tressaillit. Ce n'était qu'une réponse musculaire imperceptible, mais il sut qu'elle l'avait perçue à la façon dont elle avait retenu son souffle.

— Cela signifierait retourner à Waverley.

— Waverley ? Louis… ?

— C'est la résidence du duc d'Astbury, lâcha-t-il, la gorge serrée.

— Mais c'est toi, le duc d'Astbury.

Elle fronça les sourcils en le voyant acquiescer.

— Alors qui y habite ?

— Personne, dit-il dans un souffle. Elle est inhabitée depuis la disparition de mon père. Ma mère a emménagé à Dower House. Je vis ici maintenant. Je ne peux pas retourner là-bas.

Il y eut un long silence, puis Santa releva le menton, les yeux brillants.

— Peut-être pas tout seul, mais on pourrait y aller ensemble.

Il l'observa, doutant d'avoir bien entendu.

— Ça n'arrivera pas, dit-il finalement.

— Pourquoi pas ?

— D'abord, parce qu'il n'y a aucun endroit où tu pourrais t'entraîner.

Elle le regardait avec l'air de celle qui est prête à en découdre. Il l'avait déjà vue afficher cette détermination. Oui… juste avant de l'entraîner dans l'escalier de secours. Elle ne laisserait pas tomber.

— C'est ma lune de miel. Le patinage peut attendre, répliqua-t-elle d'un ton déterminé.

— J'ai besoin de temps…

Elle resta silencieuse un moment.

— Dix ans, ça commence à faire long.

— Peut-être que j'ai besoin de plus de temps.

— Ou peut-être que tu as seulement besoin de rentrer à Waverley, dit-elle d'un ton mesuré. Parce que tu vis ici, mais cela ne veut pas dire que c'est ton foyer. Et cela ne le sera peut-être jamais si tu ne répares pas ce qui a été brisé.

Cela semblait si simple dans sa bouche. Mais comment s'y prendre ?

— Il faut que tu voies ta mère… que tu lui parles, dit-elle en lui effleurant le visage. Rentrons en Angleterre, à Waverley, ensemble.

Son cœur lui parut soudain trop gros pour sa cage thoracique et ses poumons, trop petits.

— Tu ferais ça pour moi ?

Ses doigts s'immobilisèrent sur sa joue.

— On forme une équipe, pas vrai ? Tu m'as aidée à affronter mes démons. Laisse-moi t'aider à affronter les tiens.

Ses mots résonnèrent dans sa tête. Affronter le passé ? En était-il capable ?

Il avait souvent eu envie de rentrer, mais il se trouvait chaque fois des excuses.

Cette fois, c'était différent puisque Santa serait à ses côtés, fière et flamboyante.

Était-il temps de faire table rase du passé ? De rentrer à Waverley et de terminer ce qu'il avait laissé inachevé.

Et puis dans un an, Santa et lui divorceraient à l'amiable, il s'affranchirait de ses actionnaires, obtenant enfin ce qu'il avait toujours voulu.

9.

Santa sentit son cœur se soulever comme sous une légère houle alors qu'elle regardait le paysage familier défiler derrière la vitre. C'était totalement inexplicable. Elle n'était pas partie depuis très longtemps, mais il lui semblait qu'il s'était écoulé une éternité depuis qu'elle avait embarqué à Heathrow pour rejoindre Merry.

Il s'était passé tant de choses depuis. Elle promena le regard dans l'habitacle luxueux du véhicule puis vers Louis assis à côté d'elle, le visage tourné vers la vitre.

Si quelqu'un lui avait dit à son arrivée à Zurich qu'elle ferait la connaissance d'un séduisant inconnu et qu'elle l'épouserait dans la foulée, elle aurait ri, bien sûr. Et pourtant… Elle rentrait en Angleterre, mariée et duchesse en plus.

Elle coula un nouveau regard vers Louis. Elle aurait bien donné tous les titres du monde pour savoir ce qui se passait à cet instant dans la tête du dixième duc d'Astbury.

Il affichait un calme et une décontraction qui ne la trompaient pas.

— On est arrivés ?

Elle n'avait vu aucun portail, mais la route était soudain plus étroite.

— On va passer par l'entrée de service. Je préfère rester discret si ça ne te gêne pas.

Elle lui sourit et lui serra brièvement la main en guise de réponse.

Seul le personnel de maison avait été averti de leur arrivée. Elle n'avait pas encore appelé sa famille pour annoncer son retour en Angleterre. Elle n'aimait pas les cachotteries, mais Louis, à cet instant, passait en premier.

— Oh ! Regarde les cerfs ! s'exclama-t-elle.

Elle se pencha au moment où un troupeau de cerfs relevaient la tête avec un synchronisme gracieux.

— Ils sont à toi ?

— Il y en a environ trois cent cinquante.

Comment le savait-il ? Ce n'était pas comme si on pouvait juger à vue de nez.

— Rogers, le régisseur du domaine, me tient au courant, répondit-il avec un sourire comme s'il avait lu dans ses pensées.

— Qu'y a-t-il à gérer ? demanda-t-elle après un silence.

— Les cerfs, pour commencer. Nous avons des métayers, ainsi que nos propres troupeaux de moutons, et bien sûr avec une propriété de cette taille, un programme d'entretien.

Elle s'apprêtait à lui demander plus précisément la taille du domaine quand elle vit la maison. Les pierres d'un jaune pâle semblaient briller d'un feu intérieur dans le soleil couchant.

— Oh ! mon Dieu…

Elle en resta bouche bée, oubliant la fatigue et le décalage horaire. Rien n'aurait pu détourner son attention de cette majestueuse et immense maison qui se dressait dans la campagne verdoyante du Gloucestershire.

— Qu'est-ce que ça te fait d'être de retour ? s'enquit-elle d'une voix douce.

— C'est comme si je n'étais jamais parti, répondit-il après une fraction de seconde d'hésitation.

La gouvernante, une femme aux cheveux noirs, sobrement vêtue, prénommée Sylvia, les accueillit au moment où ils entraient dans la maison.

La demeure était impressionnante à l'extérieur, mais l'intérieur lui provoqua un choc émotionnel et esthétique. Elle entendit à peine Louis qui faisait les présentations et demandait à la gouvernante de leur faire monter du thé dans leur chambre. Elle leva les yeux sur le plafond peint du grand hall d'entrée, haut d'au moins quinze mètres, puis reporta son attention sur la statue en bronze grandeur nature d'une femme avec un arc et une flèche.

Louis lui prit soudain la main et l'entraîna derrière lui. Deux sapins de Noël richement décorés se dressaient comme deux sentinelles de chaque côté de l'imposant escalier dans lequel ils s'engagèrent.

Elle comprit soudain en voyant Waverley, berceau familial depuis quatre cents ans où s'étaient succédé plusieurs générations, pourquoi il considérait sa belle maison au Canada comme un lieu de vie et non comme un foyer.

Il entrelaça les doigts aux siens tout en montant les marches.

— Ce sont tes aïeux ? demanda-t-elle, le regard courant sur les portraits accrochés au mur.

— Celui-ci est le premier duc d'Astbury. Ils sont accrochés par ordre de succession, jusqu'au neuvième.

Ils s'immobilisèrent devant le portrait d'un homme en costume sombre.

— Mon père. Edward Albemarle.

Elle s'était imaginé que Louis ressemblait à son père. À tort, parce que ce dernier était blond et que, bien que séduisant, il avait un embonpoint de bon vivant, qui contrastait avec la sévérité des traits de son visage.

— Tu as ses yeux.

— C'est une chance. Sinon, il aurait pu douter de sa paternité, répliqua-t-il avec un sourire forcé.

Il lui souleva le menton d'un doigt et la dévisagea.

— Tu as l'air fatiguée, dit-il les sourcils froncés. Viens, on pourra toujours parler de mes ancêtres plus tard. Je te montre ta chambre. Il faut que tu te reposes.

Sa proposition était tentante. Elle avait plus sommeillé que dormi pendant le vol. Chaque fois qu'elle avait ouvert les yeux, elle avait vu Louis, tourné vers le hublot.

Il ouvrit une porte et lui décocha un petit sourire.

— N'hésite pas à dire si cette chambre ne te plaît pas. Il y en a quarante autres, alors ce n'est pas un problème.

Elle acquiesça, mais ne voyait pas ce qui pourrait ne pas lui plaire. Elle allait manquer très vite de superlatifs.

La chambre était spacieuse avec un grand lit à baldaquin en chêne et des tentures brillantes brodées, à l'imprimé exotique. Elle donnait sur la campagne qui s'étalait devant ses yeux dans un camaïeu de vert.

— Waouh !

— Tu vois cette rangée d'arbres ?

Elle s'approcha de la fenêtre. Louis était dans son dos, et sa chaleur l'enveloppait. Elle regarda dans la direction qu'il lui montrait du doigt et dut ajuster sa vision pour les repérer. Ils étaient si loin qu'ils auraient pu tout aussi bien être dans un autre comté.

— Ils marquent la limite de notre propriété.

« Notre propriété. » Ces mots eurent une résonance en elle, et sa gorge se serra. Bien sûr qu'elle savait que Louis parlait de la famille Albemarle.

— J'aimerais beaucoup faire le tour de la propriété.

— Demain. La nuit va bientôt tomber, et puis tu as besoin de te reposer.

Il lui prit la main et la guida vers le lit. Il tira les couvertures, et elle s'assit sur le bord.

— Tu vas me rejoindre ? demanda-t-elle en ôtant ses chaussures.

Il joua un instant avec une mèche de ses cheveux avant de la glisser derrière son oreille.

— Je crois que ce serait contre-productif, tu ne crois pas ? dit-il en effleurant ses lèvres des siennes.

Elle s'allongea, et la fatigue tomba sur elle comme une déferlante.

— Qu'est-ce que tu vas faire ? demanda-t-elle d'une voix ensommeillée.

Ses paupières lourdes s'abaissèrent. Elle n'entendit pas la réponse à sa question.

Louis caressa Santa du regard, sa question tournant dans sa tête.

Qu'allait-il faire ? Il se dirigea vers la fenêtre, la gorge serrée. La question n'était pas « quoi ? », mais plutôt « quand ? »… Quand allait-il le faire ?

Au Canada, il se plaisait à penser qu'il rentrerait à Waverley, un jour ou l'autre, comme on caresse un vieux rêve. Mais maintenant qu'il était là, il ne savait pas par où commencer.

La dernière conversation qui avait eu lieu dans le bureau tapissé de livres au rez-de-chaussée et qui avait irrémédiablement changé le cours de sa vie lui revint brutalement en mémoire. À l'époque, il n'était pas préparé du tout, et en était ressorti dévasté. Pourtant, il ne regrettait rien. Il n'avait pas eu d'autre option, et ça avait été une question de survie.

Son regard se posa sur le toit de tuiles de Dower House. Il était de retour dans la maison de son enfance, sa mère était à un jet de pierre, et il avait peut-être l'opportunité de faire la paix avec le passé.

Il lui fallait juste trouver le bon moment…

Il fouilla dans l'un de ses sacs et finit par mettre la

main sur leur certificat de mariage. Il avait encore du mal à réaliser qu'il était marié, et pourtant c'était là, sous ses yeux, inscrit noir sur blanc.

Son regard s'arrêta sur le prénom de sa femme : Santina.

En proie à la colère et à la frustration, il n'avait pas été très attentif pendant la brève cérémonie, se contentant de faire le perroquet.

Il aurait dû se montrer plus curieux parce qu'il n'y avait pas que Noël à fêter, semblait-il…

Il avait passé toute la matinée à sillonner la propriété au volant d'un vieux 4x4, sous un soleil anormalement éclatant pour la saison. Peut-être que s'il avait été seul, l'expérience aurait été plus difficile, mais la présence de Santa à côté de lui rendait tout plus facile.

Elle semblait passer un bon moment à découvrir Waverley, mais il sentait ses regards chargés d'interrogation. Sans doute se demandait-elle pourquoi il lui faisait cette visite guidée plutôt que d'aller voir sa mère.

C'était ridicule. Il avait parcouru plus de six mille kilomètres, et franchir ce dernier pas semblait insurmontable.

— Qu'est-ce que c'est ? l'entendit-il demander.

Il sortit de ses pensées et porta son attention sur la tour octogonale d'inspiration gothique qui se dressait comme un phare planté au milieu de la pelouse.

— C'est une folie. Mon grand-père l'a construite pour Glamma pour leur trentième anniversaire de mariage, dit-il.

— C'est si romantique. Cela me fait penser à *La Dame de Shalott*.

— Qui est morte sur un bateau ?

— Avant ça, répondit-elle en riant.

— Au temps pour moi. Je l'ai lu au lycée, alors je crois

que j'ai sauté des passages pour arriver à la partie avec Lancelot.

Il jeta un coup d'œil à sa montre et fronça les sourcils. Il ne voyait pas le temps passer quand il était avec elle.

— On devrait rentrer déjeuner.

— Oh ! regarde ce pavillon ! s'exclama-t-elle en se penchant, curieuse.

Il sentit quelque chose se décrocher dans sa poitrine quand elle se tourna vers lui.

— Dower House. Ce n'est pas où vit ta mère ? Pourquoi est-ce qu'on ne s'arrêterait pas ? Louis ?

Il ne répondit pas. La porte du pavillon venait de s'ouvrir, et il sentit la panique l'envahir en apercevant la femme qui faisait quelques pas dans la lumière. Il eut juste le temps de voir la surprise s'imprimer sur le beau visage de sa mère, avant d'appuyer sur l'accélérateur.

— Qu'est-ce que tu fais ? s'exclama Santa, déconcertée. Pourquoi est-ce que tu ne t'es pas arrêté ?

— Laisse tomber, OK ? aboya-t-il, trouvant un exutoire à ses émotions.

Elle tressaillit comme s'il venait de la souffleter et se tourna, le visage crispé.

Aucun d'eux ne chercha à rompre le silence sur le trajet du retour. Le contact à peine coupé, elle bondit hors de la voiture et s'élança vers la maison, si vite qu'il dut allonger le pas pour essayer de revenir à sa hauteur.

— Santa.

Sa colère s'était dégonflée, et il se sentait simplement vexé.

— Santa, s'il te plaît…

Il la rattrapa dans leur chambre et la fit pivoter sur elle-même pour la regarder dans les yeux.

— Excuse-moi. Je ne voulais pas te rembarrer.

Elle se tenait devant lui, la poitrine se soulevant et s'abaissant avec effort.

— Je ne comprends pas. Je pensais que tu voulais rencontrer ta mère.

— C'est le cas.

— Alors pourquoi est-ce que tu ne t'es pas arrêté ?

— Parce que je ne lui ai pas dit que j'étais là, finit-il par lui répondre, le souffle court. Parce que je ne sais pas quoi lui dire.

Santa sentit son estomac se contracter. La tension de Louis était palpable, irradiant tout autour de lui.

— J'ai eu peur de ce qu'elle pourrait dire. Ou qu'elle ne veuille pas me parler.

Elle lui prit les bras.

— Elle t'a pourtant appelé, il y a trois mois.

— Et je lui ai raccroché au nez. Elle a cherché à me joindre, et je l'ai laissée tomber.

Son regard se perdit dans le vide.

— Toutes ces années, je me suis convaincu que je n'en avais rien à faire, qu'il n'y avait rien ici pour moi. Et maintenant, j'ai peur qu'il ne reste vraiment plus rien, qu'il n'y ait plus personne pour moi.

— Tu m'as, moi.

Ce n'étaient pas des mots lancés en l'air. Louis était dans chacune de ses pensées. Chacun de ses rêves. Plus rien ne comptait quand elle était dans ses bras. Il lui volait son souffle. Il avait son corps, son cœur…

Son cœur ? Une sensation de vertige s'empara d'elle.

Non… Ils ne s'étaient pas mariés pour de vrai. Elle ne pouvait pas être tombée amoureuse de lui. C'était ridicule.

Pourtant… Quelque part entre le moment où elle était montée dans cette limousine et l'instant présent, l'amour s'était glissé dans son cœur comme une clé dans une serrure bien huilée.

Elle ressentit un assaut de joie pure qu'elle aurait voulu partager avec lui comme elle avait partagé tout le reste.

Sauf qu'elle ne le pouvait pas. L'amour ne faisait pas partie de leur arrangement, et Louis avait été clair, il ne cherchait pas un « pour toujours ».

Elle enroula les mains autour de ses poignets, sentant son pouls pulser sous ses doigts.

— Je sais que tu appréhendes de voir ta mère, et je comprends, mais quoi qu'il arrive, tu m'as. Je serai avec toi quand tu vas la rencontrer.

— Tu es une belle personne, Santa. Tu es la seule à qui je ne peux pas mentir. Tu me rends meilleur.

— Tu es quelqu'un de bien, Louis, toi aussi.

Dans un tumulte émotionnel, elle prit son visage entre ses mains et l'embrassa.

— Je serai là, tant que tu auras besoin de moi.

Il lui sourit avant de l'enlacer. Elle noua les bras autour de son cou, se blottissant contre lui.

— J'ai besoin de toi maintenant, murmura-t-il tout contre sa bouche.

Il la souleva, puis la porta jusqu'au lit. Là, il se déshabilla avant de la dénuder.

Le corps de Santa répondit instinctivement à son contact, à son souffle, de façon viscérale. Elle se pressa contre lui, la pointe de ses seins frottant contre son torse alors qu'il lui embrassait l'épaule, puis le creux du cou où battait son pouls affolé, descendant jusqu'à ses seins tendus.

Elle enroula les doigts autour de ses bras et se cambra pour aller au-devant de lui, serrant les cuisses l'une contre l'autre pour calmer le désir qui grandissait en elle.

Elle sentit la main de Louis remonter le long de ses jambes et son poignet frôler l'intérieur de sa cuisse. Ses doigts vagabondèrent plus haut et glissèrent dans son intimité. Il concentra la pression sur son clitoris et le fit rouler sous son pouce, l'excitant sans relâche.

— Louis…

Elle ondulait, les hanches se soulevant d'elles-mêmes pour suivre le mouvement de son pouce. La tension s'intensifiait en elle… Quelques secondes de plus et elle allait basculer, mais elle voulait que cela continue, prolonger cette sensation.

Elle repoussa sa main et enroula les doigts autour de son sexe en érection pressé contre le matelas.

Louis poussa un grognement, électrisé par la caresse de sa main autour de son sexe palpitant d'excitation. C'était trop et pas assez à la fois.

Il la plaqua sur le lit et se positionna au-dessus d'elle, le sang rugissant dans ses oreilles alors qu'elle le guidait en elle. Il la pénétra d'un long coup de reins. Ses cuisses tremblaient, et il l'empoigna par les hanches, avant de se mettre à bouger en elle.

— Oui…, gémit-elle en se tendant.

Il absorba les frissons de plaisir qui la parcouraient, la contraction de ses muscles autour de lui. Il saisit ses poignets et plaqua la bouche contre la sienne avalant son cri de plaisir, percuté à son tour par un orgasme.

Il enroula les bras autour d'elle, leur respiration haletante résonnant dans le silence de la chambre. Elle bougea après un moment et chuchota :

— Je le pensais quand je t'ai dit que je serai là pour toi.

— Mais si c'était trop tard ? Trop cassé ? Je ne suis pas sûr de savoir comment réparer.

— Tu ne t'en crois pas capable, c'est tout, mais tu sais, tu as toute ton expérience de vie – les personnes que tu as perdues, ce que l'on t'a pris, tout ce que tu as construit.

Elle se redressa, sans prendre la peine de se couvrir.

Elle est radieuse, confiante et sûre d'elle, songea-t-il, en ressentant de la chaleur se répandre dans sa poitrine.

— Tu te concentres sur le but, tu ne réfléchis pas, tu avances.

— J'aimerais aller la voir maintenant. Tu viens avec moi ?

— Si tu avais regardé plus attentivement notre certificat de mariage, tu n'aurais pas eu besoin de me le demander.

— Qu'est-ce que tu veux dire ?

— Mon second prénom est Ruth, dit-elle en entrelaçant les doigts aux siens, le regard brillant. « Où tu iras, j'irai. »

10.

Cela leur prit quinze minutes à pied pour arriver à Dower House. Sans la détermination de Santa et ses doigts entrelacés aux siens, Louis aurait plusieurs fois rebroussé chemin.

— Donne une chance à ta mère, lui murmura-t-elle quand ils arrivèrent devant la porte d'entrée. Donnez-vous une chance de retisser les liens.

La porte s'ouvrit, et il sentit son cœur manquer un battement.

— Louis, hoqueta sa mère en portant une main à sa gorge.

Un bref instant, il n'entendit plus que le sang pulser dans ses oreilles. Elle le tira vers elle, ses mains papillonnant sur son visage, et les larmes roulant sur ses joues.

— Je suis désolée… Je suis tellement désolée, mon chéri.

— Je suis désolé aussi, dit-il, la voix éraillée.

Sa mère les entraîna à l'intérieur, et elle s'était ressaisie quand ils pénétrèrent dans le salon, spacieux et lumineux. Santa et lui s'assirent sur l'un des canapés de velours.

Il promena son regard dans la pièce et s'arrêta sur un magnifique secrétaire en acajou.

— Il était à Waverley, non ? demanda-t-il pour la forme

Il connaissait la réponse. Il se souvenait de tout, dans les moindres détails, comme s'il n'était jamais parti… ou qu'une partie de lui était restée.

— Cela ne te gêne pas, n'est-ce pas ? s'inquiéta sa mère.

Il secoua la tête.

— Il est à toi, maman.

Qui aurait cru qu'il reprononcerait ce mot ?

— Il y a quelqu'un que j'aimerais te présenter..., dit-il en se tournant vers sa femme. Maman, voici Santa, mon épouse, la duchesse d'Astbury. Santa, je te présente ma mère, Henrietta, duchesse douairière d'Astbury.

Sa mère prit la main de Santa.

— Merci d'avoir ramené mon fils à la maison.

— Il était déjà en chemin, Votre Grâce. Il avait juste perdu la notion du temps.

— Nous nous sommes tous les deux perdus, dit-elle avec un sourire mouillé. Avez-vous envie d'un thé ?

Louis croisa le regard de Santa et sentit la pression de ses doigts sur les siens. Il lui serra la main à son tour alors qu'elle secouait la tête à l'intention de Henrietta.

— Non, je vous remercie. Je dois appeler mon père, et vous avez beaucoup de choses à rattraper, mais j'espère vous revoir très vite, dit-elle en se levant

— Je l'espère aussi.

À la porte, Louis attira Santa contre lui, et mordilla et lécha ses lèvres.

— Je peux rester, chuchota-t-elle.

— Non, tu as raison. Nous avons dix ans à rattraper avec ma mère. À tout à l'heure à la maison.

Il revint vers le salon et marqua une brève hésitation avant de s'asseoir à côté de sa mère.

— Je suis désolé de t'avoir raccroché au nez.

— Ça n'a plus d'importance, mon chéri.

— Papa avait raison. Je vous ai laissés tomber, dit-il en secouant la tête.

Elle lui attrapa le bras.

— Il regrettait, Louis. Ce qu'il a dit... La façon dont il

a réagi. Les regrets l'ont accompagné jusqu'au jour de sa mort. Mais c'était un homme tellement fier, et il a pensé que tu reviendrais, que tu aurais besoin de lui…

— Aux funérailles de Glamma, j'ai essayé de lui parler, mais…

— Je sais, dit-elle en hochant tristement la tête. Vous perdre elle et toi en si peu de temps l'a beaucoup éprouvé. Il a fait un mini AVC, et il a changé. Il est devenu angoissé, et j'avais peur de le laisser. J'aurais dû essayer de vous réunir.

Elle chercha son regard.

— J'aurais dû prendre ta défense. Je savais que Marina n'était pas le bon choix pour toi, avant même de savoir pour ce joueur de polo.

Il attendit le petit pincement de douleur qui ne vint pas.

Du rose flotta en périphérie de son champ de vision. Il tourna la tête vers la fenêtre, s'attendant presque à voir Santa et marqua un arrêt en découvrant la fleur de camélia qui bravait le climat.

— Pourquoi dis-tu que Marina n'était pas faite pour moi ? demanda-t-il soudain à sa mère, les sourcils froncés.

— Parce que tu ne l'aimais pas, répondit-elle avec simplicité. Tu l'as cru parce que tu es comme moi, un romantique. Ton cœur domine ta tête. Mais tu es aussi une tête de mule, comme ton père, alors tu ne vois pas ce qui est sous ton nez.

Le lendemain, Santa se réveilla tard, et seule pour la première fois depuis des jours. Les rideaux étaient encore fermés. Elle se redressa, paniquée, quand elle entendit l'eau couler dans la salle de bains.

Elle posa la main sur le drap froissé à côté d'elle. Il était encore chaud.

Comment avait-elle pu tomber amoureuse de lui ?

Quelle folie ! Et surtout, comment allait-elle faire quand il ne serait plus dans sa vie ?

— Bonjour.

Louis se tenait dans l'encadrement de la porte, une serviette nouée autour de la taille, les cheveux mouillés. Des gouttes d'eau roulaient sur son torse bronzé, scintillantes comme des diamants.

— Et ce n'est pas un jour comme un autre, n'est-ce pas ? dit-il doucement en venant vers le lit. C'est un jour important.

Elle le regardait approcher, silencieuse, le cœur et le corps en émoi, luttant contre l'envie de tendre la main vers sa serviette et de tirer dessus.

Il se pencha vers elle et l'embrassa sur la bouche.

— Joyeux anniversaire, Mère Noël.

Elle battit des cils, désarçonnée. Avec tout ce qui était arrivé, elle avait complètement perdu la notion du temps. On était le 24, la veille de Noël, et donc c'était son anniversaire.

— Viens avec moi. J'ai une surprise.

Il lui prit la main et l'entraîna vers la fenêtre. Il tira les rideaux, découvrant un paysage tout blanc.

— Il a neigé !

Elle se tourna vers lui, un sourire aux lèvres, jubilant presque.

— Je ne me souviens pas de la dernière fois où il a neigé pour mon anniversaire. On peut faire un bonhomme de neige ?

— Tant que tu promets de ne pas mettre de talons aiguilles.

Elle gloussa.

— Comment as-tu su pour mon anniversaire ?

— Le certificat de mariage. J'ai vérifié aussi avec ton passeport, dit-il en souriant. Chouette photo, d'ailleurs.

Elle lui donna un coup dans l'épaule.

— C'était une erreur. Je crois qu'ils n'avaient pas compris ce que je voulais. J'ai changé de salon de coiffure depuis. De toute façon, personne n'est à son avantage sur les photos d'identité.

— Moi, si.

Il laissa échapper un rire communicatif.

— Donc, reprit-il en l'attirant tout contre lui. Je voulais te proposer un brunch d'anniversaire. Tu as carte blanche pour organiser l'après-midi ensuite.

Elle leva les yeux vers l'horloge.

— Qu'est-ce que tu suggères entre maintenant et le brunch ?

— Eh bien, je sais que Sylvia a prévu un festin. Je pense que ce serait une bonne idée de se mettre en appétit…

— Tu as envie de sortir voir la neige ? demanda-t-il en descendant l'escalier, deux heures plus tard.

Il glissa les doigts dans les passants de son jean pour l'attirer contre lui et plaqua un baiser sur ses lèvres. Ses iris bleu saphir étincelaient, et ce qu'elle y vit lui fit tourner la tête.

— Oui, bien sûr que j'en ai envie.

— Toi d'abord, dit-il en la poussant du coude vers l'avant.

Elle ouvrit la porte, impatiente de sentir le crissement de la neige sous ses pieds.

Et elle se figea.

Un chemin de pétales de roses de toutes les nuances de rose s'éloignait du manoir, dessinant une ligne brillante sur la blancheur immaculée.

Elle hoqueta de surprise, et son cœur s'emballa.

— Qu'est-ce que… où est-ce que ça mène ?

— On va voir ça, dit-il simplement en lui prenant la main.

Elle avait l'impression de ne pas toucher terre tandis

qu'elle suivait le tracé de pétales, longeant les buis taillés en topiaire, recouverts de neige, et soudain elle sut où ils allaient. La porte vers la tour était ouverte. Ils s'engagèrent dans l'escalier en colimaçon, suivant la traînée de pétales jusqu'à une autre porte, puis à une autre volée de marches plus étroites. Il entrelaça les doigts aux siens au moment où elle posait le pied sur la dernière marche.

— Joyeux anniversaire, Santa.

Elle plaqua une main contre sa bouche. Aucun mot ne pouvait décrire ce qu'elle ressentait. Elle n'était même pas sûre d'être capable d'émettre un son, en découvrant la petite pièce qui ressemblait à une boîte de chocolats.

Il y avait une fenêtre sur chacun des huit murs, donnant sur le paysage d'un blanc immaculé. Les murs étaient tendus de soie rose framboise, et sous un petit lustre rougeoyait un feu de bois.

Un grand panier de pique-nique était posé sur une table près d'une fenêtre, et un magnifique lit en acajou brillant occupait le reste de l'espace, habillé de blanc.

— Tu as préparé tout ça pour moi ? murmura-t-elle en se tournant vers lui.

— Je voulais te faire une surprise.

— Eh bien, tu as réussi.

— Bien, dit-il en lui décochant un de ses sourires désarmants. Je pourrais m'en attribuer tout le crédit, mais je n'ai joué qu'un petit rôle, me contentant de faire tout un tas de demandes extravagantes de dernière minute. C'est mon personnel d'une patience à toute épreuve qui a tout fait.

Il plongea une main dans ses cheveux.

— S'ils me donnent leur préavis, tu devras peut-être m'aider à cuisiner la dinde, demain.

Il relativisait sa participation, mais c'était son idée, et il avait tout organisé. Pour elle.

— Je ne manquerai pas de les remercier. Mais merci

aussi à toi, Louis, dit-elle en déposant un baiser sur sa bouche. Je n'ai jamais eu de plus jolie surprise.

Elle s'appuya contre lui.

— Je suis affamée. Est-ce qu'on peut regarder ce qu'il y a à l'intérieur du panier ? À moins qu'on ne se soit pas encore assez ouvert l'appétit…

Il se figea, le regard glissant vers le lit, avant de revenir sur son visage.

— Tu viens de dire que tu étais affamée, je suppose que nous devrions jeter un coup d'œil à ce panier, dit-il en la faisant s'asseoir.

— Mes pique-niques sont plus simples, dit-elle en prenant une coupe de champagne frais.

Et par « simples », elle pensait à du fromage grossièrement découpé glissé entre deux tranches de pain, à des chips, à une barre chocolatée et à un fruit, avec du thé dans une bouteille thermos.

— Mon père adorait les repas en plein air, expliqua Louis en mangeant du jambon fumé. Comment trouves-tu le gravlax ?

— Délicieux. Tu faisais souvent des pique-niques quand tu étais enfant ?

Louis hésita, la fourchette à mi-chemin de sa bouche, comme si la question l'avait pris au dépourvu.

— Oui. Nous descendions jusqu'au lac et nous ramions jusqu'à l'île. Parfois, nous partions pêcher de très bonne heure.

Elle fronça les sourcils. Un téléphone sonnait. Le sien. Elle regarda l'écran.

— Désolée… C'est mon père, un appel vidéo. Je ne suis pas obligée de décrocher tout de suite. Je le rappellerai un peu plus tard.

Il secoua la tête.

— C'est ton père. Réponds.

Elle fit glisser son doigt sur l'écran. Il y eut un bref silence, et elle se mit à sourire alors qu'un *Joyeux anniversaire* entonné avec enthousiasme jaillissait du téléphone.

— Merci. C'était superbe.

— On ne te réveille pas ? demanda Kate. On a pensé que tu serais forcément debout… pour t'entraîner. Mais on était inquiets de mal tomber, tu aurais pu te reposer.

— Kate s'est inquiétée, intervint son père en souriant. Moi, je savais que tu serais debout.

— En fait, je suis en train de bruncher…

Louis lui fit signe que tout allait bien, avant de se rapprocher de l'écran.

— Bonjour, tout le monde ! fit-il avec un geste de la main. On voulait profiter pleinement de la journée. La nuit tombe vite.

— Est-ce que tu as une couronne ? demanda un de ses frères, penché sur l'écran.

— Hélas non ! répondit Louis en souriant. Mais il y a la tiare des Astbury, qui est un genre de couronne, et en tant que duchesse ta sœur aura à la porter.

Les visages des deux garçons se pressèrent devant la caméra.

— On peut la voir ?

— Oui, mais pas là. Je ne l'ai pas sous la main.

Ses frères reportèrent instantanément leur attention sur elle.

— Tu as déjà ouvert tes cadeaux ? On peut les voir ?

— Robbie, Joe ! Ça suffit ! s'exclama Kate en les éloignant. Désolée ! Ils sont tellement contents de vous parler.

— Pas de soucis, vraiment. En fait, vous avez choisi le bon moment pour appeler. J'allais donner à Santa son cadeau, dit Louis en se tournant vers cette dernière.

Elle écarquilla les yeux. Un cadeau ? En plus de ce qu'il lui avait organisé ?

Il plongea la main dans le panier et en ressortit un paquet joliment emballé.

— Ouvre-le ! s'exclamèrent en chœur ses frères. Allez ! Ouvre-le !

Elle tira sur le ruban, puis ouvrit délicatement le papier.

— Oh ! Louis…

— On va vous laisser tous les deux, lança Kate.

Santa releva les yeux vers l'écran et hocha la tête, à court de mots alors que la communication coupait.

— Tu n'aurais pas dû, Louis, balbutia-t-elle, le regard fixé sur le collier en diamant.

— Bien sûr que si. Tu es ma femme. Je dois t'avouer que ce n'est pas une pièce neuve. Il appartenait à ma grand-mère. Mon grand-père lui a offert le jour de leur mariage.

— Je ne peux pas accepter. C'est trop.

— Je veux que tu l'aies, dit-il sans la quitter des yeux.

Elle laissa courir les doigts sur les diamants scintillants.

— Je ne sais pas quoi dire, dit-elle d'une voix étranglée.

— Tu ne l'aimes pas ?

Il la taquinait – ou peut-être pas. Il y avait une intensité dans son regard qui lui faisait penser que sa réponse était importante. Ou qu'il y avait un double sens caché.

— Si, bien sûr. Je l'adore. Il est magnifique.

— N'importe quel bijou est un plaisir pour les yeux, mais pour moi il prend vie quand il est porté par une femme magnifique.

C'était Louis qui la rendait vivante.

Elle voulait lui montrer ce qu'elle ne pouvait pas lui dire. Elle l'enlaça, gémissant contre sa bouche quand il l'embrassa, son érection pressant sa hanche.

Louis attira Santa à lui, se serrant contre son corps chaud et alangui, et enfouit le visage dans ses cheveux. Il inspira, se laissant envahir par les notes florales et l'odeur de savon.

Il avait voulu lui organiser un anniversaire dont elle se

souviendrait toujours. C'était la moindre des choses, après tout ce qu'elle avait fait pour lui.

Elle avait chassé toutes ses rancœurs, lui avait rendu son estime de lui et ses souvenirs d'enfance.

Le visage de Santa s'imprima sous ses paupières baissées. La douceur de ses iris bleus l'émerveillait et l'effrayait en même temps. Ou peut-être était-ce le désir intense qu'elle lui inspirait.

— A quoi penses-tu ?

Il la regarda, ébranlé. N'était-il pas normal qu'il veuille rester pour toujours dans cette tour avec cette magnifique femme ?

— À rien, vraiment. Seulement au fait que tu as une très gentille famille.

— Ils sont ta famille aussi maintenant, répondit-elle avec un sourire.

Elle enroula les doigts autour de son bras.

— Merci. Pour tout.

— Attends, la journée n'est pas encore finie, dit-il en jetant un coup d'œil à sa montre.

— Et puis ce n'est pas que mon anniversaire. C'est aussi le réveillon de Noël. Et je pensais que tu pourrais inviter ta mère à venir partager notre déjeuner de Noël, demain.

— Je pourrais aller la voir maintenant et lui proposer de vive voix. Comme ça, on serait fixés.

Assise sur la banquette d'une des fenêtres de la tour, Santa fixait le toit de tuiles de Dower House, visible au-dessus des haies recouvertes de neige. Tout allait bien se passer entre mère et fils, elle le sentait au fond d'elle.

Louis retrouvait son ancienne vie, mais ce serait différent, avec de nouvelles possibilités. Son cœur se serra. Comme elle aimerait que leur mariage soit l'une de ces possibilités – un mariage avec de vrais vœux. Pour cela, il faudrait qu'elle lui avoue ses sentiments. Ce serait prendre un risque, le plus gros de toute sa vie. Mais épouser un parfait étranger, c'était quoi, sinon un risque ? Ils n'étaient plus des étrangers l'un pour l'autre maintenant. Ni les mêmes qu'à Klosters.

— Tu es là.

Elle sentit son estomac se retourner alors qu'elle regardait Louis avancer dans la pièce. Il la prit dans ses bras, et elle appuya la tête contre son torse, le battement régulier de son cœur résonnant à son oreille.

— Comment ça s'est passé ?

— Bien… Ce n'est pas comme avant. C'est mieux. Plus sincère. Elle a pleuré quand je lui ai demandé. Elle semblait très heureuse.

— Alors elle vient ? C'est merveilleux ! Je suis heureuse qu'elle soit présente pour ton premier Noël de retour chez toi.

— Notre premier Noël…, dit-il doucement.

Son rythme cardiaque s'accéléra. C'était maintenant ou jamais.

Mais il ne lui en laissa pas le temps.

— Elle m'a montré des classeurs remplis de coupures de presse sur moi et sur Callière, que mon père gardait. Il y avait aussi des lettres qu'il n'a jamais envoyées et dans lesquelles il me disait qu'il était fier de moi. Elle m'a donné ça aussi. Il voulait que je l'aie, mais il était trop fier pour me contacter. Et ce qui le rendait encore plus fier, c'était que je ne sois pas venu le lui réclamer.

Il lui tendit un chèque. Elle ouvrit de grands yeux en voyant le nombre de zéros.

— C'est beaucoup d'argent.

— Je sais, c'est un montant fou, mais cela signifie surtout que je vais enfin pouvoir prendre le plein contrôle de Callière.

Elle se tint immobile, un sourire plaqué sur les lèvres. Il avait bien sûr toutes les raisons de se réjouir. C'était ce qu'il voulait plus que tout. Seulement s'il n'avait plus besoin de l'argent des actionnaires, il n'avait plus besoin d'être marié, il n'avait plus besoin d'elle.

— Hé ! ne fais pas cette tête, dit-il en lui relevant le menton. Rien n'a changé. Tu ne me crois quand même pas capable de revenir sur notre accord ?

Elle secoua la tête, nauséeuse. Elle savait qu'il tiendrait parole, mais ce n'était pas sa parole qu'elle voulait, c'était son cœur. Il venait d'ne refermer la porte, de la verrouiller, même, et elle n'en avait pas la clé.

Elle aurait sans doute ri si elle n'avait pas eu si mal.

Elle avait pensé que ce serait compliqué de faire semblant d'aimer Louis en public, mais le regarder dans les yeux tous les jours pendant un an en prétendant qu'elle ne ressentait rien pour lui serait un supplice.

Elle ne pourrait pas le cacher. Elle n'était pas sûre de tenir le coup, et surtout pas toute seule. Elle voulait sa famille, rentrer chez elle.

Si elle le disait à Louis, il ne comprendrait pas. Il lui poserait des questions auxquelles elle ne pourrait pas répondre – ou pis, elle pourrait finir par y répondre. La honte ! Ce serait bien mieux pour elle de partir sans bruit. Peut-être que ce serait plus facile de se détacher ainsi de lui.

— Non, bien sûr. On a un accord, pas vrai ?

Un accord qui se refermait sur son cœur comme un étau.

11.

Santa noua les bras autour du cou de Louis et se serra tout contre lui, voulant graver dans sa mémoire le moindre détail de sa dernière nuit avec lui.

Elle attendit qu'il s'endorme pour se lever et s'habilla dans le noir, retenant son souffle. Elle attrapa son sac qu'elle avait préparé un peu plus tôt et descendit l'escalier sur la pointe des pieds.

La maison était silencieuse.

Elle avait commandé un taxi, et l'homme qu'elle avait eu au bout du fil lui avait assuré qu'il serait là avant minuit. Il n'était que 23 heures, mais elle ne pouvait pas rester une seconde de plus dans la chambre.

Elle laissa son sac près de la porte d'entrée et se rendit dans le salon pour avoir une vue sur l'allée. Quelques braises rougeoyantes brûlaient dans la cheminée. Elle était frigorifiée. Elle avait l'impression qu'elle ne pourrait jamais plus se réchauffer. C'était peut-être mieux ainsi. Le cœur gelé, peut-être ne ressentirait-elle plus rien.

— Tu sais, tu es censée descendre par la cheminée, ce soir, et pas sortir par la porte de devant.

Elle pivota sur elle-même, le cœur au bord des lèvres. Louis se tenait dans l'embrasure de la porte en bas de pyjama.

— Je suis désolée. Je sais que tu voulais que je passe la journée avec ta mère, mais je ne peux pas faire ça.

Il traversa la pièce et s'immobilisa devant elle.

— Faire quoi ?

— Lui mentir. Je ne pourrai pas. C'est au-dessus de mes forces.

— Pourquoi ? Pourquoi à elle en particulier ? On a menti à tout le monde, insista-t-il.

— Parce qu'elle t'aime.

Parce que je t'aime.

Elle faillit le dire à voix haute comme un cri du cœur, mais quelque chose dans le regard de Louis l'arrêta. C'était comme si tout à coup rien ne s'était passé. Comme s'il ne l'avait jamais embrassée et ne lui avait jamais fait l'amour. Il était redevenu un étranger, froid et distant.

— Donc tu pensais filer au milieu de la nuit ? C'est la veille de Noël, bon…

Il ravala un juron.

— Et sans dire au revoir à Sylvia ? Au personnel ? À ma mère ? Me dire au revoir à moi ? Tu ne pouvais pas le faire non plus ?

Elle le regarda, affichant un calme qu'elle était loin de ressentir.

— Ce n'est pas un adieu. On va se revoir.

— Je vais prendre ça pour un non alors. C'est à cause de l'argent que m'a donné ma mère ? Je pensais vraiment ce que je t'ai dit. Je ne vais pas te lâcher.

— Je sais… Tu l'as dit. Nous avons un accord, et tu vas t'y tenir. On s'est mis d'accord, et rien n'a changé entre nous, n'est-ce pas ?

L'espoir dans sa voix était assourdissant. Elle retint son souffle en le sentant hésiter. Il parut sur le point de dire quelque chose avant de se raviser.

— Non, rien n'a changé, Santa. Rien du tout, dit-il en secouant la tête.

Évidemment, non. C'était un mariage arrangé, et cela

le resterait pour Louis. C'est elle qui avait de trop grandes attentes, comme cela lui arrivait sur la glace. Seulement cette fois, elle avait une possibilité de battre en retraite.

Elle déglutit, cherchant à déloger lc nœud dans sa gorge, et dit rapidement :

— Écoute, je suis heureuse que tu aies pu arranger les choses avec ta mère et qu'elle vienne passer Noël ici, mais je veux rentrer chez moi, voir ma famille. Et puis il faut que je reprenne les entraînements. On pourra bien sûr faire quelques apparitions publiques ensemble, comme on l'a prévu, mais cela semble le moment d'avancer pour nous deux.

Il y eut un silence, et pendant un instant elle crut que tout allait bien se passer. Qu'il allait la serrer dans ses bras et lui dire qu'il ne pouvait pas la laisser partir, qu'il la désirait, qu'il l'aimait… qu'elle lui était essentielle.

— Si tu le dis, lâcha-t-il lentement. J'ai vraiment cru que tu étais différente, Santa. Mais tu es comme toutes les autres. Tu ne pensais qu'à toi, pas vrai ? À tes désirs. À tes besoins.

— Ce n'est pas juste, Louis, on voulait tous les deux que…

— En fait, je n'ai aucune idée de ce que tu voulais, la coupa-t-il. Je l'ai cru, mais je ne te connais pas du tout. Au revoir, Santa.

Elle plaqua la main contre sa bouche en le regardant s'éloigner et disparaître. Les larmes qu'elle refoulait se mirent à couler sur son visage. Elle venait de perdre l'homme qu'elle aimait. Sauf qu'il n'avait jamais été à elle.

Louis retourna dans la chambre, sous le choc, terrassé par une douleur qu'il n'aurait pas crue possible.

Santa n'était pas dans le lit quand il s'était réveillé. Ça

ne l'avait pas inquiété, avant qu'il réalise qu'elle n'était pas dans la chambre non plus.

Il n'avait pas pensé qu'elle était partie, mais quand il était descendu, il avait aperçu le sac posé près de la porte. Il n'arrivait pas à y croire. Il ne s'était jamais senti aussi intimement proche de quelqu'un. Il n'avait jamais eu autant confiance, autant besoin de quelqu'un.

Il n'avait jamais autant aimé quelqu'un, non ?

Son cœur manqua un battement. Non, c'était impossible. Il ne croyait pas au grand amour, ni à l'amour tout court. Marina l'avait définitivement vacciné.

Sauf qu'il n'avait jamais aimé Marina.

Même sa mère s'en était rendu compte, et elle le connaissait mieux que personne.

Ses paroles résonnèrent dans sa tête. Elle avait encore raison. Il n'avait pas su voir ce qui était là, devant son nez. Santa l'avait vu, elle…

Mais elle était partie. Il était trop tard.

Santa leva les yeux vers le ciel, et battit des paupières. Il s'était remis à neiger. Plus fort. Waverley serait coupé du monde dans la matinée et lui serait dorénavant inaccessible.

Cette pensée la glaça. Elle s'immobilisa et essuya les larmes qui coulaient sur ses joues. C'était difficile de mettre un pied devant l'autre quand on pleurait. Plus difficile encore quand son cœur se brisait en deux.

— Santa !

Pendant un moment, elle crut que cette voix et le crissement de la neige dans son dos étaient dans sa tête, mais Louis apparut soudain. Son souffle formait un halo blanc dans l'air froid.

— Tu as quelque chose à moi. Tu dois me le rendre avant de partir, dit-il, douchant le fol espoir qui avait gonflé sa poitrine quand elle l'avait vu.

Elle inspira profondément, blessée, effondrée.

— Je n'ai pas pris le collier de ta grand-mère. Je sais à quel point il est important pour toi et ta famille. Je l'ai laissé dans la chambre.

— Je ne parle pas du collier.

Il posa la main sur sa poitrine et dit, la voix serrée par l'émotion :

— Je parle de mon cœur, Santa.

Avait-elle bien entendu ?

— Je ne comprends pas

— Tu as mon cœur.

Elle le dévisagea, incapable d'émettre le moindre son. Il enroula un bras autour de sa taille et l'attira contre lui.

— Depuis que je t'ai rencontrée, je ne suis plus le même. Mais je ne pouvais pas reconnaître ce que je ressentais parce que je n'ai jamais été amoureux de ma vie.

Son cœur se mit à battre la chamade, la chaleur se propageant sur sa peau.

— Tu m'aimes ?

— Je suis raide dingue de toi. Complètement sous ton charme. Et je suis désolé d'avoir mis autant de temps à le comprendre.

Il resserra les bras autour d'elle.

— Je ne veux pas que tu partes. Et pas à cause de ce stupide accord, mais parce que je t'aime et que je ne peux pas vivre sans toi.

Elle prit son visage entre ses mains et s'empara avec fougue de sa bouche.

— Je t'aime aussi, Louis.

Les flocons de neige virevoltaient autour d'eux, effleurant

leurs visages. Les cloches retentirent, le son roulant sur les champs recouverts de neige.

— Joyeux Noël, Mère Noël, chuchota-t-il, en l'étreignant, avant de l'embrasser.

Épilogue

Santa sortit de la douche et s'enveloppa dans un peignoir, le cœur en fête. C'était le réveillon de Noël à Waverley et pour eux une date anniversaire très spéciale et personnelle.

Le jour où leur mariage arrangé était devenu un mariage d'amour.

Un amour qui n'avait cessé de se renforcer au cours des trois années précédentes.

Elle effleura le bracelet délicat, orné de diamants, que Louis venait de lui offrir. Il lui avait apporté le petit déjeuner au lit, puis l'avait embrassée – et, comme toujours, la passion les avait emportés, et ils avaient fait l'amour, lentement, avec douceur.

Elle s'habilla rapidement et rejoignit le rez-de-chaussée. Louis était dans le vaste hall et regardait avec satisfaction les deux sapins gigantesques qui y trônaient.

— Tu n'es pas encore en train de pavoiser, n'est-ce pas ? lança-t-elle en se mordillant la lèvre pour ne pas rire.

Il lui adressa un sourire désarmant

— Ils sont plus grands, sans l'ombre d'un doute.

Elle leva les yeux au ciel. Pour une raison qui leur échappait à Merry et elle, mais qui devait tenir de l'orgueil masculin, leurs époux respectifs voulaient savoir qui avait le plus grand arbre. L'année précédente, Giovanni avait gagné de plus de deux centimètres. Cette année, Louis avait battu le dernier record de quinze centimètres.

— Je suis sûre que Giovanni a d'autres choses en tête, ce Noël. Comme être papa, plaisanta-t-elle. En plus, la taille ne compte pas.

Louis l'attira dans ses bras.

— On sait tous les deux que ce n'est pas vrai.

Sous son regard plein de pensées indécentes, elle sentit une spirale de chaleur la traverser de part en part.

— Mais si tu en doutes, on devrait monter…

Un picotement naquit dans sa poitrine, et ses seins se tendirent presque douloureusement.

Il laissa échapper un grognement de dépit.

— Je sais, je sais… J'ai dit que j'allais chercher ma mère et je ne peux pas être en retard.

Elle se colla contre lui et l'embrassa avec fougue.

— Non, tu ne peux pas être en retard. Mais il y a toujours un « plus tard ».

Louis la dévisagea, aiguillonné par son désir. Il était l'homme le plus heureux du monde. Épouser Santa n'avait pas seulement changé sa vie, ça l'avait changé, lui. Et pour le meilleur.

Il était plus fort, plus serein, plus aimable.

Elle l'avait fait grandir, en le poussant à affronter ses peurs, et avec elle à ses côtés il savait que tout était possible.

— Pas trop « plus tard », quand même, dit-il en glissant une main dans ses cheveux.

Il grimaça.

— En parlant de ma mère, il faut que je demande à Sylvia d'envelopper le portrait pour moi. Redis-moi qu'elle va l'aimer…

— Elle va l'adorer.

Le cadeau pour la duchesse douairière était une peinture,

le premier portrait officiel du dixième duc d'Astbury et de sa duchesse.

— Je continue de penser que tu aurais dû porter tes médailles, dit-il, d'un ton buté.

— Ce n'est pas le même genre de médailles, répliqua-t-elle dans un éclat de rire.

— Peut-être… N'empêche, tu les as gagnées, et je suis si fier de toi, bébé.

Il n'était pas seulement fier – il avait été un soutien indéfectible, l'accompagnant tôt le matin à la patinoire, assistant à ses entraînements, présent à toutes les phases de qualification lors des compétitions.

Elle avait réalisé son rêve. Elle avait remporté l'or et Louis était là, à ses côtés.

Le rouge monta à ses joues. C'était peut-être le moment de lui offrir son cadeau.

— De toute façon, la peinture est faite maintenant, dit-elle.

Il fronça les sourcils.

— Ça peut être changé. On peut la changer. Tu veux qu'on la change ? Je pourrais appeler Andrew. Il est à seulement trente minutes. Je suis sûr que je peux le persuader de passer dans l'après-midi.

Son cœur rata un battement. Elle se cramponnait à son secret depuis hier, s'interrogeant sur le meilleur moment pour lui annoncer la nouvelle. À cet instant, elle sut qu'elle n'avait pas à choisir.

Tous les moments passés avec Louis étaient parfaits.

Santa se hissa sur la pointe des pieds pour embrasser ses lèvres.

— Ce ne sera pas utile… le bébé ne sera pas là avant juin.

Vous avez aimé *Séduisantes rumeurs* ?
Retrouvez en numérique l'intégrale de votre série
« Noël avec un homme d'affaires » :

1. *Un patron à convaincre*, Michelle Smart
2. *Séduisantes rumeurs*, Louise Fuller

Retrouvez prochainement,
dans votre collection

AZUR

La couronne scandaleuse, de Caitlin Crews - N°4554

« Tu portes mon héritier… tu seras ma reine ! » Le prince Zeus avait besoin de déclencher un retentissant scandale pour ruiner les plans tyranniques de son père. Aussi, quand l'innocente Nina, dame d'honneur de la mariée qu'il n'a pas choisie, succombe à ses charmes, voit-il là le moyen infaillible d'atteindre son but… Mieux encore, une fois Nina enceinte, il lui propose une sulfureuse mésalliance qui choquera le monde entier à coup sûr !

Le bébé de l'ennemi, de Michelle Smart - N°4555

C'est un grand jour pour Flora, effrayant et excitant à la fois. Alors que le procès de son frère débute à Monte Cleure, elle a une révélation à faire à Alejandro Ramos, la partie adverse. Elle attend un enfant de lui ! Si neuf mois plus tôt tous deux ont partagé une nuit de passion inoubliable, ils sont ennemis désormais. Des ennemis liés par un bébé… et bientôt par le mariage express qu'exige Alejandro !

Le patron du désert, de Heidi Rice - N°4556

Chargée de guider Dane Jones, le frère du cheikh, durant sa mission économique au royaume de Zafar, Jamilla peine à dissimuler l'agacement qu'il provoque en elle. Cet homme arrogant se comporte comme un goujat, pas comme un prince ! Mais, quand elle le découvre nu dans une oasis, c'est une tout autre émotion qu'il éveille en elle – une attirance foudroyante, un désir à l'état brut ! Dès lors, Jamilla s'efforce de se rappeler les règles protocolaires qu'elle est supposée suivre, et qui n'incluent aucunement de tomber sous le charme de son patron…

La mariée de Bellwether, de Donna Alward - N°4557

Bellwether est son refuge. Sur la petite île de Nouvelle-Écosse, Brooklyn se sent bien et en sécurité. Hélas, son existence tranquille est menacée quand Cole Abbott acquiert le splendide manoir proche de sa ferme et lui propose de racheter sa parcelle de terrain. Ce voisin, aussi riche que séduisant, a de toute évidence l'habitude d'obtenir ce qu'il désire. Or Brooklyn se le promet : elle n'abandonnera pas la partie, même si son adversaire est le plus bel homme sur Terre !

L'étreinte d'un époux oublié, d'Annie West - N°4558

« Qui êtes-vous ? », murmure Ally à son sauveur. Échouée sur le sable rose d'une luxueuse plage privée italienne, elle a tout oublié en dehors de son nom. Peut-elle croire l'homme qui l'a trouvée, quand il affirme être son ex-mari ? Une chose est certaine : s'il est possible que leur mariage soit un mirage, le désir qu'elle ressent pour Angelo Ricci est bien réel. Et Ally voudrait se rappeler les instants délicieux qu'ils ont dû passer ensemble…

**Amoureuse d'un jet-setteur,
de Sharon Kendrick - N°4559**

L'opulence dans laquelle évolue Santiago Tevez a de quoi impressionner Kitty, une orpheline qui s'est toujours contenté de peu. Qu'importe : leur alchimie incroyable la conduit à s'offrir à lui durant une nuit extraordinaire à Bali ! Quelques semaines plus tard, la réalité la rattrape : enceinte, elle annonce sa grossesse à Santiago. Or, si celui-ci lui promet de la soutenir, Kitty sait qu'elle ne pourra se satisfaire d'un lien dénué de sentiments. Ce qu'elle veut, c'est l'amour : l'amour qu'elle n'a jamais reçu, l'amour que son bébé mérite, l'amour que Santiago est incapable de lui donner…

Le secret de Bollywood, de Tara Pammi - N°4560

Célèbre héritière de Bollywood, Anya Raawal vit sous les projecteurs, tout en gardant le secret du choix impossible qu'elle a dû faire treize ans plus tôt. Mais, le jour où elle rencontre le magnat Simon De Acosta, son existence vole en éclats. En effet, la fille adoptive de Simon n'est autre que l'enfant qu'elle a été contrainte d'abandonner autrefois ! Persuadée que le destin lui offre une chance de renouer avec Meera, Anya se demande si elle a le droit de révéler la vérité à la jeune fille et à son père…

**Le soldat et la princesse interdite,
de Pippa Roscoe - N°4561**

SÉRIE : *LE ROYAUME DE SVARDIA* - 1/3

La princesse Freya a toujours placé son devoir envers la Couronne avant tout. Pourtant, quand on lui demande d'aller à la rencontre d'un soldat qui refuse d'être décoré, elle craint le pire. Kjell Bergqvist n'est autre que l'homme qui lui a brisé le cœur huit ans plus tôt. À peine se retrouvent-ils que les souvenirs resurgissent et, quand une tempête de neige les oblige à un tête-à-tête, c'est le désir qui flambe à nouveau entre eux. Hélas, hier comme aujourd'hui, Freya et Kjell n'ont aucun avenir ensemble, car une mésalliance au royaume de Sverdia est tout simplement interdite…

Le Sicilien de son cœur, de Carol Marinelli - N°4562

SÉRIE : *LES BEAUTÉS DE SICILE* - 1/2

Pour retrouver sa chère Béatrice, avec laquelle elle a grandi à l'orphelinat, Alicia est prête à tout. Et même à solliciter l'aide de Dante Schinina. Le petit Sicilien farouche pour qui son cœur battait autrefois est devenu un homme riche et puissant. Il saura certainement où chercher, si toutefois il veut bien l'aider… Alors qu'ils se rencontrent à Milan, Dante accepte en effet de lui accorder son soutien, à la condition qu'Alicia passe un week-end avec lui. Un tête-à-tête qui fait aussitôt jaillir les souvenirs du passé, parmi lesquels cette journée délicieuse où Dante et Alicia ont goûté ensemble au fruit défendu…

Une fiancée à sauver, d'Ally Blake - N°4563

À bord de sa décapotable, le célèbre astronome Will Darcy se rend aux noces royales de Vallemont. Or, sur la route, il porte secours à une jeune femme en détresse, dont il comprend vite qu'elle n'est autre que la mariée en fuite ! Incapable de l'abandonner à son triste sort, il se réfugie avec elle dans un hôtel pour échapper à la rumeur médiatique qui enfle déjà. Un tête-à-tête qui s'avère aussi intense que dangereux, en raison de l'irrésistible attraction que Will ressent pour la princesse Sadie…

L'héritier des Morelli, d'Anne Mather - N°4564

Elle attend un enfant… de Luke Morelli. Jamais Abby n'aurait imaginé que la situation puisse lui échapper à ce point. En apprenant que ce séduisant homme d'affaires était son nouveau propriétaire, elle avait cherché à gagner sa confiance à tout prix. Hors de question pour elle de perdre son commerce et son logement ! Pourtant, en passant du temps avec lui, elle ne s'attendait pas à être consumée par une telle passion. Et, maintenant qu'elle est enceinte, elle redoute plus que jamais la réaction de Luke. Car ce séducteur lui a clairement fait comprendre que jamais il ne s'engagerait avec une femme…